Fan
ファン文庫

カグヤ姫と千年の約束

著　御守いちる

マイナビ出版

もくじ

Kaguya hime
to
Sennen no yakusoku

一章　カグヤ姫の結婚

――だれかが泣いている。

彼女は橋を見下ろしていた。

彼女は今にもそこに身を投げ出さんばかりだった。

「なぜお前は泣いているのだ？」

彼女が命を絶とうとした時、私は初めて彼女に声をかけた。

自分の身体《からだ》の中から『自分ではないだれか』の声が聞こえたことに、彼女は衝撃を受けているようだった。

私は彼女とずっと一緒だったが、今まで一度も会話したことはなかった。なんとなく、話しかけてはいけないと思っていたのだ。

彼女は戸惑いながら答える。

「私はとても辛《つら》くて、生きていけない。いっそ死んでしまいたい」

そう打ち明けた人間の名前は、九条弥白《くじょうやしろ》。

弥白は、私の新しい器だ。この器に入る前は、ずいぶん長い間眠っていた気がする。

現在の時代は、たしか大正という元号だったはずだ。

「私はお前のことを、ずっと見守っていたよ」

そう告げると、弥白は驚き、やがて涙を流しながら頷《うなず》いた。

「ええ、そうね。あなたはずっと私と一緒にいてくれた。知っているわ。幼い頃から、物心ついた時から、自分の中にあなたが住んでいるのが分かった。会話することは今まで一度もなかったけれど、ずっと私を見守ってくれていた。そうでしょう？」

私は「そうだ」と返事をする。

弥白も自分の身体の中に、自分の魂の他に、もうひとつ別の存在があることに気づいていたようだ。

私は改めて弥白の人生を思い返す。

幼い頃の弥白は、父と母、それに弟の要《かなめ》と一緒に暮らし、とても幸せそうに見えた。

弥白の家は帝都から少し離れた郊外にあった。周囲は自然に囲まれた閑静な住宅地で、平屋の小さな家だったが、家族四人で暮らすにはじゅうぶんだった。弥白の父親も母親も善良な人間で、弥白はいつも笑顔だった。

それにその頃の弥白は、異能を使うことができた。

九条家の人間は、代々退魔の力を持っていた。

弥白たちが暮らしている郊外にはめったに現れることはないが、帝都には時折異形・悪鬼《あっき》と呼ばれる悪《あ》しきものたちが存在した。

異形を討伐するのは本来帝都が組織した異能力者の討伐部隊、『幻影衆《げんえいしゅう》』の仕事だ。

弥白の両親は強い霊力を宿していることを買われ、若い頃は幻影衆に所属し、異形を討伐する手伝いをしていた。

彼らは幻影衆の組織で出会い、恋に落ちて結婚した。

弥白と要が生まれてからは、両親とも危険な退魔業から身を引き、郊外で静かに暮らしていた。

だが弥白が五歳になる年、弥白の両親の下に、組織の人間が現れた。

これまでとは比べものにならないほど強い悪鬼が帝都に現れた。その悪鬼を祓《はら》う手伝いをしてほしいという依頼だった。最初はふたりとも、その依頼を断った。

だが大勢の人間に被害が出ていること、また放っておけばいずれその被害が彼らの住む場所まで及ぶことを懸念し、結局最後に一度だけと、悪鬼の討伐のため帝都に向かった。

その後弥白の父と母の身に、なにがあったのか私はよく知らない。

だが弥白の両親は、結局その悪鬼のせいで帰らぬ人となった。

それから弥白と要の生活は一変した。

弥白と要は、親戚の叔父夫婦の下に引き取られたが、彼らは強欲で底意地の悪い人間だった。

弥白と要はいつも叔父と叔母に虐《しいた》げられていた。家事はすべて押し付けられ、満足な食事も与えられず、体調が悪くても休むことも許されないような日々だった。

特に物静かで穏やかな性格の弥白は、彼らの恰好《かっこう》の餌食《えじき》だった。

弥白がなにも失敗せずとも、叔父と叔母は機嫌が悪いと当たり散らし、弥白はその度にひれ伏して謝った。

弥白の両親が退魔討伐の際に巻き込まれて死亡してしまったことから、帝都の幻影衆は、弥白たち姉弟に対して多額の賠償金を支払ったはずだ。しかしそれらもすべて、叔父夫婦に奪われてしまった。

弥白はつぎはぎだらけの質素な着物を着て、やせ細り、顔にも生気がない印象になった。元々派手な顔のつくりではないが、幼い頃は笑顔の多い愛らしい少女だったのに。

弥白が変貌《へんぼう》した原因の叔父と叔母のことを考えると、はらわたが煮えくり返りそうになった。

そして弥白は、退魔の力が使えなくなった。

まだほんの少し力が芽生えただけだったが、そのわずかな霊力は消え失せてしまった。

両親を失い、心が傷ついたからだろうか。

叔父と叔母に虐げられたせいなのか。

それとも両親の死の原因となった退魔の力を、弥白が憎んだせいだろうか。

はっきりとした原因は分からないが、弥白の退魔の力はなくなってしまったのだ。


弥白に初めて話しかけた後、一瞬意識が途切れた。

「弥白？　どこにいる？」

今までずっと同じ器にいたはずの、弥白の魂が見当たらない。

ずっと弥白の身体の主導権は弥白にあったのに、私が弥白の身体を操れるようになっている。

それに、気がつくとなぜか弥白の身体は川の水にのまれていた。どうやら川に落ちてしまったようだ。いや……自ら、川に飛び込んだのか。

とにかくこのまま溺《おぼ》れているわけにはいかない。

私はまだ動かすのに慣れていない弥白の手足を必死に動かした。命からがら河原に上がり、水を吐き出す。

「弥白、弥白、どこだ？」

私がそう呼びかけると、足元から弥白の声が聞こえた。

「ここです！　私は、ここにいます！」

私は周囲を見回した。

しかし、近くにあるのは丸い石と、投棄されたゴミばかりだ。

「弥白……？」

子供がこの近くでたまに遊んでいるのか、私のすぐそばにくたびれた文化人形が落ちていた。

文化人形はひらひらしたレースのついた赤い帽子をかぶり、色とりどりの花柄模様のついた、赤いワンピースを着ている。下がった眉《まゆ》は優し気な表情で、瞳は大きくキラキラ輝いて、小さな口には不自然なほど赤い口紅が塗られている。

なにか違和感がありじっとその人形を見ていると、河原に転がっていた文化人形がむくりと起き上がった。

「弥白です！　私が、弥白です！」

文化人形は私にそう訴えかけた。心なしか、表情も苦し気だ。

「弥白なのか？　お前、どうして魂が人形に入っているんだ？」

「分からない……。突然、身体から追い出されてしまったみたいで」

私は困惑しながらその人形を両手で持ち上げた。

「私が話しかけたのがいけなかったのだろうか……」

「いえ、違うと思うけれど」

弥白は人形から出てなんとか自分の身体に戻ろうとしたが、方法が分からないらしい。

しばらく考えた挙句《あげく》、私は弥白に提案した。

「お前の魂が元通りお前の身体に戻れるまで、私がお前の代わりをしよう」

すると、弥白の魂が入った文化人形は驚いたように目を見開いた。

「あなたが私の代わりを？」

「ああ、今までの十八年間、ずっとお前のことを見守っていたんだ。きっと弥白のふりは上手にできる」

弥白は心配そうに眉を寄せる。

「だけど……。それじゃ私の代わりに、あなたが傷つけられるわ」

弥白が心配しているのは、彼女が同居している人間たちの仕打ちのことだろう。

実際、彼らのせいで弥白の精神は限界に近かった。弥白が川に飛び込んだのも、彼らの所業《しょぎょう》のせいだ。

自分の中から聞こえるだれかの声などという怪しい存在は、まともな人間からしたら魑魅魍魎《ちみもうりょう》の類《たぐい》に近いだろう。普通の状態なら耳を貸さないだろうが、弥白はそんな正体不明のものにさえすがりたくなるほど、追いつめられていた。

私は弥白を気づかって再度説得した。

「私は人間がすることなど、どうということはない。あんな取るに足らない人間たちに、傷つけられることなどない」

それを聞いた弥白は、驚いた声で言った。

「人間がすることって……。まるであなたは、自分が人間ではないように話すのね」

「ああ、私は元々人間ではない」

「じゃあ……あなたは何者なの？」

私は何者なのか。

喉元《のどもと》まで出かかったが、言葉は続かなかった。

「……覚えていない」

そう告げてから、認識した。

「私には、記憶がないんだ……」

「記憶がないということは、自分の名前も分からない？」

「分からない。自分がどんな外見だったのか、どんな生い立ちだったのか、なにもかも覚えていない。ただ私の生まれ変わり、それが弥白、お前だということだけは分かる。だから私は今まで、お前という器の中にいたのだ」

弥白は半信半疑で言った。

「生まれ変わり……。そんなことがあるのね」

これまでの私と弥白は、同じ器の中に魂がふたつ入っているような状態だった。だが、互いの心が読めるわけではない。弥白は私のことを信じてくれただろうか。

「だとしたら、生まれ変わった先がこんな情けない人間で、がっかりしたでしょう」

「そんなことはない。お前は心根の優しい人間だ。幼い頃、弟がした失敗でさえ、お前が責任を被《かぶ》って叱責されていただろう。私はずっと、お前を見ていた。だから、傷ついてほしくない」

そう告げると、弥白はその場にうずくまって嗚咽《おえつ》を漏らした。

「なにか気に障ることを言ったか?」

「いいえ、違うの。ありがとう……。私のことなんて、だれも気にとめてくれないと思っていたわ」

「とにかく、お前はしばらく休んでいろ。後のことは、私に任せろ。悪いようにはしない。元に戻る方法も、一緒に探そう」

「……ごめんなさい。ありがとう」

そう告げると、弥白は目を閉じて横たわった。

私はただの人形のようになった弥白を両手で持ち上げた。

河原から立ち上がり、水に濡れた重い身体を引きずって歩く。

ずっと魂だけの状態で弥白の身体の中にいたから、こうやって自分の足で歩くのは新鮮な感覚だった。

川に落ちた時に履物《はきもの》をなくしてしまったので裸足だが、岩のごつごつごつごした感触が伝わってくる。生ぬるい風が頬を撫でる。

私は弥白の住んでいる家の方向へと歩いた。道はずっと弥白が歩くのを見ていたから、覚えている。

日が暮れる時間で、近くの家から夕餉《ゆうげ》の匂いが漂ってきた。

弥白の家は、この時代には珍しい洋風の二階建ての屋敷だ。

弥白たち姉弟に支払われた賠償金を叔父夫婦が使い、建てた屋敷だ。それなのに、弥白と弟の要は肩身の狭い思いをしている。

私が家に入った瞬間、叔母は私の頬を思いきり平手で打った。

今は私が弥白の身体を操作しているので、頬にじんじんとした痛みを感じる。

「帰って来るのがずいぶん遅いと思ったら、あんた、その恰好はなんだい⁉　買い物に行くことすらまともにできないの？　恥ずかしい子だねぇ。まさか、まだ夕餉の準備をしていないのかい⁉」

私は激怒している叔母をじっと見つめる。叔母はいつも、弥白をねちねちと虐《いじ》めている。ずぶ濡れの姪を見て、最初に言うことがそれか。心配の言葉をかけることもできないのか。

「川に落ちた」

そう告げると叔母は真っ赤になってさらに怒り、玄関口に立っていた私の身体を突き飛ばした。弥白の身体は細いので、突き飛ばされて簡単に後ろに転ぶ。

「兄さんが亡くなってから、私たちがこんなによくしてやってるのに、当てつけのつもりかい⁉　なんて恥知らずなんだろうね。しばらく外で反省してな！」

私が鋭い瞳で睨みつけると、叔母はぎょっとしたように後ずさった。

「な、なんだい、その生意気な目は……！」

いつもの弥白なら絶対にこんな表情はしないから、動揺しているのだろう。

弥白は叔母に叱られれば、ごめんなさいと謝り続ける。

叔母はさらなる制裁を加えようと、手を振り上げた。

正直この人間と戦ってもかまわないし、手段を選ばなければ勝てる自信もあったが、これ以上弥白の身体を傷つけられるわけにはいかない。どうしたものかと思案していると、叔母の後ろから声がかかった。

「まあまあ、今日はおめでたい日だ。弥白のことを許してやりなさい」

そう言ったのは叔父だった。肉付きのいい、たぬきのような男だ。初対面の人間からすれば、穏やかで優し気に見えるかもしれない。

しかし叔父は直接弥白に危害は加えないが、かといって弥白を助けるわけでもない。むしろ弥白が失敗すれば弟の要に罰を与え、要が失敗すれば弥白に罰を与えるようなことをする。短絡的な叔母とは違い、より底意地の悪い下劣な人間で、私はこの男が大嫌いだった。

警戒していると、叔父は私に着物を着替えてから応接間に来いと告げた。

弥白が自室の代わりにしている納屋で着替えていると、それまでおとなしくしていた文化人形がぴょんぴょんと飛び跳ねた。

「大丈夫？　叔母さんに叩かれて痛かったでしょう？　ごめんなさい、私のせいで」

「なに、弥白のせいではないよ。全部あいつらが悪いんだ」

弥白は心配そうな表情で言った。

「だけど……おめでたい日って、いったい何があるのかしら」

びしょ濡れで水が滴っている着物を別のものに変え、私は応接間に入る。

叔父と叔母はすでにソファに座って待ち構えていた。

この部屋に入ったのはずいぶん久しぶりだ。普段は弥白と要が自由に出入りすることは禁じられているからだ。おかしな話だ。

弥白も話を聞きたいだろうと、文化人形も一緒に持って行った。

叔母はそれを見咎《みとが》め、あからさまに不機嫌な表情になった。

「さっきから、なんなんだいその汚らしい人形は」

私はそれを無視し、一応弥白の口調を真似して叔父に問いかけた。

「それで、話というのはなんですか」

叔父は満面の笑みで告げた。

「お前の縁談が決まったんだ」

「縁談……？」

たしかに弥白は結婚適齢期ではあるが、こいつらがまともな縁談をもってくるとは思い難《がた》い。

「お前も知っているだろう。有名な実業家の蔦山《つたやま》様だ。あんな立派な方に嫁げるなんて、お前は幸せ者だ。なあ、弥白？」

叔父はねっとりとした声でそう言った。

叔父が告げた蔦山という名は、私も弥白の中で聞いたことがあった。

たしかに蔦山は、有名な男だった。大手の商社の社長だったはずだ。

だが、聞こえてくるのは悪い噂ばかりだ。自分の利益のためなら手段を選ばず、他人を蹴落として今の地位を築いた成金だともっぱらの評判だ。

また無類の女好きで、気に入った女ができると無理やり手を出して、問題が起こりそうになると金と権力で握りつぶしているという話も聞いた。

そもそも蔦山は、四十近いはずだ。十代の弥白とはずいぶん歳が離れている。それだけなら別に悪いことではないが、蔦山にはすでに妻がいたと思うが……。

記憶をたどり、そういえば蔦山の妻が彼の行いに耐えきれず、自死したという噂を思い出した。見たこともない蔦山の妻の姿と弥白の未来を重ね、私は眩暈《めまい》がした。弥白はそんなろくでもない男のところへ嫁がされようとしているのか。

叔父がその噂を知らないわけがない。

弥白が嫁いだ先でどんな酷い目にあおうが、自分が金持ちと縁ができればかまわないと考えているのだろう。

私は弥白の叔父を引っぱたいてやりたくなった。

しかし今反抗したとしても、弥白の立場が悪くなるだけだ。弥白の意見を聞いてから動くべきだ。

私は膝の上で微動だにしない文化人形をそっと見つめる。心なしか、人形も青ざめているように見えた。

私はせめてもの抵抗にとすっくと立ち上がり、勢いよく扉を閉めて応接間を出た。


叔父と叔母と会話したくなかった私は、弥白の部屋——と言っても屋敷から離れたところにある納屋だが——に閉じこもった。

弥白は、家事を手伝った後はいつもこの納屋で眠っている。古くてお世辞にも綺麗とは言い難く、隙間風が吹きこんで冬は寒さが堪《こた》える場所だが、それでも弥白は気に入っているようだ。

あの叔父と叔母がすぐ近くにいる屋敷で過ごすより、この古い納屋にいる方が心が落ち着くのだろう。

私は布団の上に腰を下ろし、人形に問いかけた。

「大変なことになったな」

文化人形はしゅんと頭《こうべ》を垂れる。

「私、蔦山様のところへ嫁ぐことになったのね」

「元気を出せ、弥白。そうならないように、なんとかするから」

そう励ましたものの、正直人間の結婚のことはよく分からない。

弥白は背筋を伸ばして言った。

「いいえ、結婚のことは、うすうす感づいていたわ。だから、それはいいの」

「まさか！　いいわけがないだろう！　とんでもない男だぞ⁉」

「これから、結婚のことを要に聞かれると思うの。だからこう答えて」

私は弥白の話を聞きながら、心が沈んでいくのを感じた。

弥白はきっと前から、蔦山との結婚のことを知っていたのだ。だから、川に飛び込んだのだろう。

私がため息をついていると、納屋の扉ががらりと開けられた。

叔父か叔母かと思ってドキリとしたが、扉を開いたのは弥白の弟の要だった。

「姉さん！」

私は弥白の口調を真似て声をかけた。

「あら要、お帰りなさい」

「またこんなところにいたのか！　もっと堂々とすればいいのに」

「いいのよ、ここの方が落ち着くもの」

要は高等学校から帰ってきたところのようだ。黒い学ランがよく似合っている。

彼は弥白によく似て、誠実そうな顔立ちをしている。

幼い頃は甘ったれでいつも弥白の後ろで泣いていたが、いつからかしっかりした性格になり、弥白を守ろうとするようになった。叔父と叔母の前では常に意識を張りつめているせいか、普段の顔つきもむすっとして、あまり笑わなくなった。

それに時折、弥白は絶対にしないような冷たい目をする。

少しでも弱みを見せると罰を与えられる環境だったのだから、仕方ないことだ。

要は私の肩をつかんで問いかけた。

「それより姉さん、婚約することになったって本当⁉」

私は先ほど弥白に言われた通りに、笑みを浮かべて受け答えする。

「ええ、婚約が決まったらしいわ」

「どうしてそんな……！　いや、婚約自体は仕方ないとしても、蔦山って男のところだろう⁉　あんな評判の悪い男のところに行くなんて！」

私はころころと笑って答える。

「あら、一緒に暮らし始めれば、意外と楽しいかもしれないわよ」

「そんなわけないだろう！　絶対に酷い目にあうにきまってる！」

そう言った後、要は悔しそうに顔を歪《ゆが》めて言った。

「……俺のせいか」

「要のせいじゃないわ。私が自分で決めたことよ」

「俺、学校を辞めるよ。それですぐに働く。だから、ふたりでここから出て行こう。もうこんな場所に居続ける必要ない！　そうすれば、叔父と叔母の顔色をうかがう必要もないだろ⁉」

「そんなの無理よ。もう決まったことだから、いいの」

文化人形が会話を打ち切って欲しそうだったので、私は要を納屋から押し出して、戸を閉めた。

戸の向こうから、要の声が響く。

「俺は納得してないから。……また明日、きちんと話そう」

その日の夜、私は薄い布団に横たわりながら弥白に問いかけた。春先とはいえ、風が吹くと寒さが堪える。

「蔦山という男の評判は、お前も知っているはずだ。結婚したら楽しいなんて、本心ではないのだろう？」

そう問うと、弥白はさみしそうに微笑《ほほえ》んだ。

「要、すごく優秀なのよ。高等学校に通えるのは、本当に限られた人だけなの。だから要には、きちんと学校を卒業してほしい。だけど、学校に通うにはお金が必要だから」

「……弥白が結婚を断れば、弟も学校を辞めさせられるのか」

「ええ、そうに違いないわ」

私は憤慨《ふんがい》し、布団から起き上がって拳を振り回す。

「本当に汚いやつらだな！　両親の遺産をお前たちに分けずに、すべて奪っているくせに！　学校に通わせてやっているなんて恩着せがましいことを言って、その引き換えに無理やり弥白を結婚させるなんて！」

「要が何不自由ない生活が送れるなら、それでいい……」

弥白はさみしそうに微笑んだ。

「早く、元の身体に戻れる方法を見つけないとね。嫁いだら、きっとあなたが私の代わりに、今よりもっと酷い目にあうわ。早く、早く元に戻らないと……」

「弥白の代わりに、私が辛いことをすべて引き受けてやる」

「そんなことはさせないわ。結婚を受け入れたのは私だもの。自分で決めたことの責任は、私が取らないと」

　そう言った弥白には、強い決意があった。

　叔父や叔母は弥白のことを弱々しい娘だと思っているかもしれないが、弥白は芯の強い娘だ。

　私は自分の無力さに歯嚙《はが》みした。どうすれば、婚約破棄とやらをできるのだろう。逃げ出すだけならともかく、その後弥白と要が働くあてはあるだろうか。

　弥白は疲れたように目を閉じた。

「少し、休んでもいい？」

「ああ、もちろんだ。おやすみ、弥白」

「おやすみなさい。……あなたの名前が知りたいわ」

　そう言って、文化人形は目蓋《まぶた》を閉じる。

　なんとか弥白を救ってやりたいと思い悩んでいたが、縁談のことを知った翌日、事態は急変した。

珍しく居間に呼び出されたと思ったら、叔母は私の肩を両手でつかんで言った。

「昏月《くれつき》様が、お前と婚約したいと仰っている」

叔母は突然の出来事に興奮しているのか、声が震えている。

「だれだそれは？」

驚いて本来の口調が出てしまったが、幸い叔父と叔母も気にとめていないようだ。

叔父も興奮した様子で叔母に問う。

「本当に、あの昏月家の⁉」

「ええ、そうなのよ！　今朝、手紙が届いて」

「騙《だま》されているんじゃないのか⁉」

「近々、会いにいらっしゃるって！　大変なことよ！」

昏月家といえば、何百年も前からある名家のひとつらしい。

私は人間たちの家柄のことには詳しくないが、叔母と叔父は明らかに浮足立っている。

この反応を見れば、昏月という家が金持ちだということは分かった。

弥白にはすでに婚約者がいるのではなかったのか。

「けれど、蔦山様との婚約は？」

そう問うと、叔母は興奮気味に唾《つば》を飛ばしながら言った。

「そんなの、本当に昏月様と結婚できるなら断るに決まっているだろう！　そこらの事業家なんて目じゃないよ！」

叔父と叔母はすでに弥白が結婚した気になっており、これから手に入る大金でなにを買うかを想像しては歓喜しているようだ。


まともに会話できない叔父たちをおいて、私は納屋へ戻った。

私は弥白に問いかける。

「昏月の当主が、どうして突然弥白と結婚したいと言い出したのか……。接点はないのだろう？」

弥白もなにがなんだか分からない様子で頷いた。

「ええ、私とずっと一緒にいたあなたも知っていると思うけれど、昏月家の当主様と関わったことは一度もないわ。いったいなにが起こっているのかしら」

「その昏月家の当主というのは、どんな男なんだ？」

「私もよくは知らないんだけど……有名人だから、噂はよく伝わってくるわ」

昏月家の当主は、人間離れした美しさだと有名らしい。

それに、珍しい銀色の髪と、青い瞳をしているそうな。

弥白は困惑気味に眉をひそめた。

「……でも、昏月家の当主様には妙な噂があるの」

「妙な噂とは？」

「その……外見が、変わらないんですって……。何十年も」

私はその言葉に顔をしかめた。

「外見が変わらない？　歳をとらないということか？」

「ええ。そもそもここ数年、人前に姿を現していないみたいだけれど。人間嫌いらしくて、訪ねて行っても使用人がすべて取り仕切っていて、当主様は表に出ないそうよ」

そう言った後、弥白は付け加えた。

「さすがに、ただの噂だとは思うけれど……」

「どちらにしろ、ろくなやつではなさそうだな」

◇◇◇

それからとんとん拍子でことは進み、数日後には昏月の当主が弥白を迎えに来ることになった。

叔父と叔母は、昏月家の当主の気が変わる前に、一刻も早く約束を取り付けたいと考えているようだ。

「でも私と婚約したいなんて、なにかの間違いかもしれない。顔を見た瞬間、帰ってしまうかもしれないわ」

弥白は不安気にそう呟いた。


その日の昼過ぎ、私は叔母に庭の掃除を命じられていた。

私は弥白のようにうまく掃除ができない。そもそも庭の草むしりなど、自分でやればいいのに。ぶつぶつ言いながら草を抜いていると、後ろから叔母の声がした。

「あいかわらず、役立たずでどんくさいねえ」

叔母は自分は動こうとしないで家のことをすべて弥白に押し付けているくせに、命令ばかりしてくる人間だ。

「少なくとも、一日中だらけてばかりのあなたよりは、弥白はよほど働きものですよ」

常日頃から思っていたことが、ついつい口に出てしまった。

だが縁談を受けてこの家を出るのなら、もう叔母の言うことを従順に聞く必要もない。

弥白に満足に食事も与えないくせに、この女が偉そうに命令ばかりするのを、常日頃から腹立たしく思っていたのだ。

「なんだって⁉　この、生意気な……！」

叔母は手を振り上げ、弥白の顔を叩こうとする。私とて、今まで弥白が叩かれ続けるのを甘んじて受け入れていたつもりはない。今までは身体がなかったから悔しく思うばかりだったが、機会があれば一発見舞ってやろうと思っていたのだ。今日こそは反撃してやる！

私は近くに落ちていた箒《ほうき》を手にして身構えたが、叔母の手が振り下ろされることはなかった。

突然現れた見知らぬ男が、叔母の腕をつかんで引き留めたからだ。

邪魔をしようとした第三者に驚きながらも、叔母は食ってかかろうとした。

しかし男の顔を見た瞬間、叔母の顔色がさっと変わった。

「昏月様……！」

その言葉を聞いて、ああ、こいつがそうかと思う。

叔母の暴力を止めようとしたのは、昏月家の当主らしい。

昏月氷雨《ひさめ》は静謐《せいひつ》な美しさを纏《まと》った男だった。

噂通り、銀色の髪をしていた。少し長めの前髪が眉にかかり、瞳は深い青で、見るものの心を見透かすような鋭さを宿している。

彼の背後に陽光が差しているせいだと思うが、私には一瞬彼自身が光を放っているように見えた。神々しいとでも言うのだろうか。美しくて、一点の曇りもないような。

昏月氷雨は背が高く、上品で仕立ての良いグレーのスーツを着ていた。この周囲では洋装の人間を見ることはほとんどないので珍しい。

「わざわざいらっしゃっていたのですね、昏月様！　とても素敵なお召し物で……」

叔母は必死に取り繕おうとするが、昏月氷雨は冷たい笑みを浮かべて言った。

「素敵なお召し物、ですか」

口元は笑っているが、彼の声音は突き刺すように冷たい。

私がつぎはぎだらけのボロボロの着物を着ているのに気づき、叔母は蒼白になった。

本当なら、昏月家の当主が来る予定の日は、新しい着物を用意するつもりだったのだろう。だが突然氷雨が現れたことで、普段叔母たちが弥白にどんな扱いをしているのかは一目瞭然だ。粗末な着物を着せ、暴力をふるっているということが。彼が暗に叔父と叔母を責めているのは明らかだった。

「い、いいえ、昏月様、あの、これは……！」

叔母は必死に言い訳をしようとするが、その時には氷雨は叔母に目もくれていなかった。

氷雨は、じっと私のことを見る。

深い青色の瞳。

彼と目が合った瞬間、私はなぜかひどく懐かしい気持ちになった。

氷雨は控えめな笑みを浮かべる。微笑むと、彼の纏っていた空気がやわらかいものに変わった。

男は感極まったように、掠《かす》れた声で言った。

「……俺のことを、覚えていませんか?」

弥白に問いかけたかったが、あいにく文化人形は今部屋に置いてある。それに、弥白もこの男と出会った記憶はないと、何度も話していた。

私は弥白らしく振舞おうと、気を引き締める。

首を小さく横に振り、言った。

「ごめんなさい、覚えていません」

そう告げると、男はとても悲しげな表情をした。弥白以外の人間のことはどうでもいいと思っている私が、彼を傷つけてしまったのを申し訳ないと思うほどだった。

「やはり俺のことを覚えていませんか」

「以前、どこかで出会ったことが……？」

男は切り替えるようににこりと微笑み、穏やかな、しかし有無を言わせぬ口調で言った。

「俺は昏月氷雨です。前世であなたが生まれ変わったら、結婚しようと約束していました」

その名を聞いた瞬間、頭の中に眩《まばゆ》い閃光が弾《はじ》けた気がした。

何か大切なことを、思い出しかけたような……。

しかしそれは一瞬の出来事で、すぐに最初から存在しなかったかのように消え失せてしまった。

「前世？　何のことですか？」

「あなたは器ですから。覚えていないでしょうね。今はそれでいいのです」

話が通じない。

しかし、彼の瞳は怖いくらいにまっすぐだった。とてもでたらめを言っているようには思えない。

異変に気づいた叔父が、いつの間にか家から庭に出てきていた。

困惑している私の後ろで、氷雨の顔色をうかがうように叔父が問いかけた。

「あの……昏月様。本当に、うちの弥白と結婚していただけるのですか？」

氷雨は貼り付けたような笑みで叔父に言った。

「ええ。彼女と結婚できるのなら、どんなものだって差し出せます」

その言葉に、叔父と叔母の表情が緩む。

「お前たちが欲しいのはこれでしょう」

そう言うと、彼が懐から両手におさまるくらいの布の袋を差し出した。それは、なんの変哲もない袋に見えた。

次の瞬間、その袋からあふれんばかりの金色がこぼれた。

叔父と叔母は驚いて、それにくぎ付けになる。

もしかして、これは金だろうか。

投げ出された袋から、金がざらざらとこぼれていく。

「もちろん本物の金ですよ」

叔父と叔母は、もう氷雨のことすら見ていなかった。目の色を変えて庭の土の上にこぼれていく金の粒を集めた。

美しい男は、彼らを憐《あわ》れむように少し顔を歪めて笑った。

「ふふ、愚かで醜い姿ですねえ。これだけの対価を払えば、彼女をもらってもいいでしょう？」

私はその言葉を不愉快に思い、氷雨を睨みつける。金で弥白を買おうと言うのか。ならば結局この男も、弥白の婚約者だった事業家と変わらない。

私の怒りが伝わったのか、氷雨はその場に跪《ひざまず》き、私の手を取って口づけた。

「不愉快な思いをさせてしまったのでしたら謝罪します。あなたの代わりになるものなんて、この世にありません。この家を覆いつくす金でも、宝石でも、財宝でも、あなたより素晴らしいものなどこの世にありません。ですが、ここからあなたを救い出すには、この方法が一番効率が良かったので」

氷雨の言葉に、ぐっと言葉をつまらせる。この男の言葉、行動、全部が嘘くさい。信用ならない男だ。

氷雨は叔父と叔母の方を見やる。

「では、元々の婚約者だった蔦山にも伝えてください。今日この瞬間から、九条弥白は俺の妻です」

だが、やはり叔父と叔母は金に夢中でなにも聞いていない。まあこの様子なら、氷雨に媚《こび》を売ることはしても、たてついたりは絶対にしないだろう。

「失礼します」

そう言ったと同時に、氷雨は私の身体を両手で抱きかかえた。

「お、おいっ！」

思わず自分の口調で抗議したが、幸い氷雨は気づいていないようだ。

家の表に黒塗りの、見るからに高そうな車が用意されていた。この周囲では車を持っている家庭などないので、生まれて初めて本物の自動車を見た。

氷雨が近づくと従者がドアを開き、私は後部座席に降ろされる。

氷雨が私の隣に座ると、運転手が車を出そうとする。

「ちょっと待ってください！　突然婚約と言われても困ります！　私はあなたのことをなにも知りません」

「あなたが不安に思うのは当然です。白い結婚でもかまいません」

「白い結婚……？」

「はい。形だけの婚姻です。寝所を共にしない、契約結婚。あなたは、ただ死ぬまで俺のそばにいてくれればいい」

困惑している私の顔を見て、氷雨はなにがそんなに面白いのかというくらい、にこにこと笑う。

「どうですか？」

「………」

「とにかくこんな場所を出て、早く俺の屋敷へ向かいましょう」

「しかし、私は何の準備もしていません」

「必要なものがあれば、後で使用人に取りに来させます。今は、本当に必要なものだけ持って行ってくれませんか？」

「……分かりました、少しだけ待ってください」

私はそう言って車を降り、納屋に置いてあった文化人形——弥白だけを持って車に戻った。

私が抱えている人形を、氷雨は穴が空くほど見つめる。

思わず私は人形を守るように抱きすくめた。

氷雨はにこりと微笑んで言った。

「愛らしい人形ですね」

「ええ……」

この男、なにか感づいているのだろうか……。身構えたが、それ以上人形について触れられることはなかった。

車に揺られているうちに、気がつくと私は眠ってしまっていたようだ。

いつの間にか、氷雨の屋敷に到着していた。

「着きましたよ」

そう声をかけられ、ハッとして目を覚ます。

昏月家は、立派な屋敷だった。

小高い丘の上から周囲の光景を見下ろすように建っている。大きな鉄製の門を抜けると、入口から屋敷まで石畳の道が続いていた。屋敷の外壁は白く、日の光を受けて悠然と輝いていた。屋敷の屋根は緩やかな勾配を持ち、瓦《かわら》は深い茶色で遠目でも美しく映えている。窓も数多く設けられ、アーチ状のデザインが特徴的だ。

庭園は屋敷の周囲を囲むように広がっていて、手入れの行き届いた芝生や色とりどりの花壇が続いている。奥には池があり、周囲には石灯籠《いしどうろう》や小さな東屋《あずまや》が配置されていた。

私は小声で、腕に抱きかかえていた弥白と話した。

「すごい屋敷だな……」

「私たち、ここで暮らすの？」

氷雨が屋敷の中に入ると、何人もの使用人がずらりと左右に列を作って並んでいた。

「おかえりなさい、当主様」と揃った声が聞こえる。

それから氷雨は私に、屋敷の中をざっと案内した。

部屋が多すぎてなにがなにやら分からない。困惑しているのが表情に出ていたのか、氷雨は私を見て笑った。

光沢を放つ木の廊下を歩いていると、庭園の花々が見えた。

私は途中で足を止め、彼に問いかける。

「私はここで何をすればよいのですか？」

「何もしなくていいです。いえ、しいて言えば、前世の記憶を早く思い出す努力はしてほしいところですが」

「前世の記憶……」

さっきも言っていたが、この男は、私の前世を。私が失った記憶を知っているのだろうか。

氷雨は私の手を取り、貫くような瞳を向けて言った。

「弥白さんには申し訳ないのですが。俺が大切に思っているのは、あなたの中にいる、カグヤだけです」

――カグヤ。


そう呼ばれ、全身の血がざわめくような感覚が駆け巡る。

自分の名を、思い出した。

そうだ、私の名はカグヤだった。

衝撃とともに、次々と疑問が湧き上がる。どうしてこの男はそれを知っているのだろう。

警戒している私に対し、氷雨はやはり何を考えているのか読めない笑みで言った。

「今日からよろしくお願いしますね、俺の奥さん」

二章　結婚生活

「おはようございます、カグヤ。愛していますよ」

「私はカグヤではありません！」

氷雨は私と顔を合わせる度に、条件反射のように「愛している」と言う。

私はどすどすと足音を鳴らしながら廊下を歩き、洗面台で顔を洗う。

今は弥白は部屋にいるが、この光景を見たら「はしたないわ」とたしなめられそうだ。

腹立たしいのだから仕方ない。

広々としたホールを抜け、曲線を描く階段をのぼって二階にある自室に戻ろうとする。

緋色の絨毯が敷かれた廊下の途中で、私は足を止めた。今日でこの屋敷に来て三日目だが。

「私の部屋は、どこだ……！」

廊下の両側には、同じような重厚な木製の扉がいくつも並んでいる。氷雨の屋敷は、いくつ部屋があるのか数えきれないくらいに広い。

自分の部屋がどこか忘れないように、扉に目印をつけておこうと考えながら適当に部屋の扉を開ける。

そこはなにもない、がらんとした部屋だった。はずれだ。

その部屋の扉を閉め、隣の部屋の扉を開く。今度は当たりだったらしく、ベッドの上に座った弥白が笑いながら私を出迎えた。

「また迷子になっていたの？」

「本当に広いんだよ、この屋敷は」

いったいどんな悪行をしたら、これだけの財が稼げるのだろうか。


弥白のために用意された自室は洋室だった。ひとりで使うには広すぎる部屋で、今まで二畳ほどしかない納屋で過ごしていた弥白と私からすると、持て余してしまう。

壁紙は淡い灰色で、繊細な花柄が施されている。

私は空色のカーテンを開いた。大きな窓から日が差し込む。

家具は白を基調にした上品なものが多く、テーブルの上には使用人のだれかが置いたのか、ガラスの花瓶に白い花が生けられ、ふわりと甘い香りが漂っていた。

部屋にある大きなベッドは特に気に入っている。今まで弥白はぺらぺらの布団で、足を伸ばすこともできずに縮こまって眠っていた。この部屋ではぐっすり眠れるようになったので、きっと弥白の健康にも良いだろう。

私はドレッサーの前に座って髪をとかしながら、一昨日ここに来たばかりの時、氷雨に言われたことを思い出していた。

「あなたなら、どこに行ってもいいですが、ひとつだけ。地下室にだけは、決して入らないでくださいね」

あの男は、他になにをしてもいいと言った。それだけに、この注意事項は私の興味を惹いた。

「地下室には、いったいなにがあるのですか？」

「今はまだ、見せられないものです」

私は氷雨の言葉に釈然としないものを感じながらも、反論するほどでもなかったので渋々頷いた。

「地下室にだけは、決して入るな、か。いったい地下室には、なにがあるのだろうな」

「大切なものでもしまってあるのかしら？」

弥白はベッドから飛び降り、ちょこちょこ歩いて私の下に来る。私は文化人形の身体を持ち上げ、ドレッサーの上に置いてやった。

「そのうちこっそり忍び込んでやろう」

そう言うと、弥白は冗談めかした口調で笑った。

「まあ、悪い子ね」

「しかしあの男はどうなんだ、弥白。人間の結婚というものは私にはよく分からないが、あいつはなにやら様子がおかしいぞ⁉」

「あら、氷雨さんは優しい人じゃない。そんなに怒らなくていいのに」

「あいつは腹黒いぞ、きっと。そもそも私のことをカグヤと呼ぶのがまず間違っているだろう⁉　弥白のことをないがしろにしている！　許せん！」

弥白はのんびりとした声で言った。

「まあまあ、そう怒らないでカグヤ。彼のおかげで、私は望まない結婚をしないですんだのだから」

「今まさに、望まない結婚の真っ最中だろう！」

「氷雨さんは、私の嫌がることをしないじゃない」

「まだ本性を現していないだけかもしれんぞ！」

弥白は性根が優しいから、すぐに悪人に騙されてしまいそうで心配だ。

「でも、あの人に会えていいこともあったわ！」

「なんだ、いいこととは？」

「あなたの名前が分かったことよ！　今までずっと一緒だけど、名前も知らなかったんだもの。あなた本当は、カグヤという名なのね」

そんな些細なことで喜ぶ弥白に、思わず口元が緩んだ。本当に人がいい娘だ。

「あの人ならきっと、前世のあなたのことを知っているわ。カグヤだって、自分の記憶を取り戻したいでしょう？」

「それはまあ、そうだが……」

私には、過去の記憶がない。

弥白の器の中で目覚めるまで、自分が何者だったのか、どんな人間だったのか、なにも思い出せない。

だからあの男が私の過去を知っているというのであれば、知りたいと思う。

しかし……。

「しかし、信用できない。あの男の話が、真実とは限らないしな」

ドレッサーの鏡に映った私の顔は、引きつっていた。あの男のことを思い出すと、勝手にこういう表情になってしまう。

「でも、彼が私と結婚したがっていた理由は分かったわね。なんの取り柄もない私がただそばにいるだけで、氷雨さんにいったいどんな利益があるのかと考えていたけれど、彼はカグヤと結婚したかったのね」

「弥白の意思を無視しているじゃないか！　許せん！」

「まあまあ、そう怒らないで。私はさっきも言ったように、望まない結婚をせずにすんで、不満はないのだから。まだ氷雨さんとの婚約の手続きは、進んでいないようだし」

弥白は身体をこちらに向けて言った。

「それよりカグヤ、本当は今私の身体に入っているのがあなただってことを、氷雨さんに伝えた方がいいんじゃない？」

「嫌だ。弥白も、あの男の前では喋《しゃべ》らないでくれ」

「隠しておくつもりなの？　だけど……氷雨さんは、あなたのことをずっと捜していたみたいなのに」

「まだあいつの素性も本当の目的も分からない。しばらくは見張っていよう。信用できると思った時に、打ち明けたとしても遅くない。それに、この身体は弥白のものだ。私はあくまで借りているだけなんだから」

その言葉に、弥白は納得したような、していないような顔をしていた。

「カグヤがそうしたいのなら、私はそれでいいけど……」

その日の昼下がり、私は氷雨に応接間に呼ばれた。

応接間に入ったのは初めてだが、ここも他の部屋同様、高級感が漂う上品な部屋だった。

広々とした部屋の中央には革張りのソファが配置され、ソファの前には磨き上げられた木製のローテーブルがあり、白く清潔なテーブルクロスがかかっている。テーブルの上には小さなガラスの花瓶があり、一輪の花が飾られている。

照明はアンティーク調のシャンデリアで、あたたかな光が部屋を満たしていた。

白い壁には金色のフレームに入った絵画が飾られていて、部屋の華やかさをよりいっそう引き立てていた。描かれているのは青い空と、遠くに広がる緑の山々だった。絵のことはよく分からないが、いい絵だと思った。

他の調度品は趣味がいいのに、部屋の端にある棚の上に場違いな古びた刀のようなものが飾ってあるのだけが不釣り合いで、妙に緊張感をもたらしている。

刀は漆塗りの黒い刀掛けに据えられている。刀身は漆黒の鞘におさめられており、使用人がきちんと掃除しているからか、埃《ほこり》一つ積もっていない。

私がソファに腰かけ、自分の隣に文化人形を置くと、氷雨は笑顔で問うた。

「その文化人形、ずっと持ち歩いているんですね」

私は傍らにあった文化人形の頭を撫でる。

「お恥ずかしいのですが、母の形見なんです。近くにないと、落ち着かなくて……。幼い子供ではないのですから、いいかげん、やめないとと思っているのですが。氷雨さんも、みっともないと思われますか？」

もちろん口から出まかせだ。弥白くらいの年齢の女子がずっと人形を持ち歩くのは不自然かもしれないが、なるべく多くの情報を弥白自身の目で見て欲しいという思いから、できる限り人形を持ち歩いていた。

こういう聞き方をすれば、断りづらいだろう。氷雨は人形のことを特に気に留めていないのか、あっさりと肯定した。

「お母様の形見なのですね。それは、常にそばにないと心配でしょう。どうぞ自由にしてください」

氷雨の正面にあるソファに腰かけた私は、疑問に思っていたことをたずねた。

「どうして私のことを突然迎えに来たんですか？」

「それは俺とあなたが、結婚の約束をしていたからです」

「していません！　私は絶対に、そんな約束をしてません」

氷雨は笑顔で私の言葉を受け流す。

「いいですよ、今は忘れていても。そのうち思い出してくれればいいんです」

あいかわらず、話が通じない男だ……。

「あなたのことを、ずっと捜していたのなら、どうして今さら迎えに来たのですか？　本当なら、私は他の男性と結婚するはずだったんですよ。もっと早くに来られたのではないですか？」

別に、もっと早くこいつと結婚したかったという話ではない。

弥白は両親を亡くしてから、叔父夫婦に虐げられて辛い思いをしてきた。

この男が私を捜していたのだったら、もっと早くに婚約すれば、もしかしたら弥白は辛い思いをせずにすんだかもしれないのにという不満だ。昏月家の当主との結婚が決まっているのなら、叔父夫婦からの扱いだってまた違っただろうに。

氷雨は申し訳なさそうに眉を寄せて言う。

「それについては、俺もずっと後悔していました。カグヤが――いえ、弥白さんが退魔の力を持っていた時は、あなたの居場所が分かりました」

「それは……私の異能を感じ取れる力が、氷雨さんにあるということですか？」

「ええ。だから頃合いを見て、弥白さんと婚約を結ぼうと考えていたんです。その頃の弥白さんは、まだ五歳でしたから。さすがに五歳の少女に婚約を申し込まれるというのは、ご両親も困惑するでしょう。数年待って、頃合いを見てからにしようと。そう考えたのが、間違いでした」

氷雨は私の瞳を見据えて続ける。

「ある時から弥白さんの霊力が消え、居場所が分からなくなったんです」

その言葉にハッとした。

弥白の霊力がなくなった原因。

それは、弥白の両親の死だ。

弥白の両親が死んでから、弥白の霊力は消えた。

「……なるほど」

「あなたの居場所が分からなくなってから、すぐに元々弥白さんが住んでいた場所に向かいました。ですが、なかなか手掛かりがつかめず……」

弥白の両親が死んでから、叔父の家に引っ越した。

叔父の家は、周囲から隔離された少し特殊な村にあった。

弥白の両親は生前多くの人間を退魔の力によって助けたことから、知人が多かった。

そういう人たちに弥白や要を虐げるのを見られては外聞が悪いのと、追及を避けるため、隔離された土地へ引っ越したのだ。だから弥白の行方を知人にたずねても、消息がつかめなかったのだろう。

「そしてつい先日再び大きな霊力を感じ、俺はようやくあなたを見つけることができたのです」

それは、弥白が川で溺れた日。私が弥白の器に入った日のことだろう。

「今度こそ迷っていられないと思い、すぐさま婚約を結びました」

私はその言葉に深く頷いた。

「事情は理解できました」

氷雨は私が理解をしめしたのに安心したのか、ほっとしたように笑う。

「いずれにせよ、俺たちは互いのことをもっと分かり合わないといけませんね」

たしかに私はこの男のことを、なにも知らない。

今のところ外面はいいが、どうにも怪しいという印象が否めない。

「あの、もうひとつうかがってもいいですか？」

「ええ、もちろん。どんなことでも聞いてください」

「噂を聞いたんです」

「噂？」

「あなたの外見が、何十年も変わらないと。普通の人間ではない……と」

それは、弥白が話していた噂だ。

昏月家の当主が歳を取らないという噂は、私も気になっていた。

「こんな噂を信じるなんて、馬鹿げていますか？」

そう問うと、氷雨は私をまっすぐに見据えてきっぱりと言い切った。

「俺は人間です」

さすがに気分を害したのだろうか。どう対応するべきかためらっていると、氷雨は言葉を続けた。

「ただ、死ぬことはできません」

その言葉に、私は眉をひそめた。

「死ぬことができないって……」

どういう意味ですかと問う前に、氷雨は席を立つと、棚に飾ってあった日本刀を手に取った。この部屋の装飾には場違いだと思っていた刀だ。

そして彼は鞘から刀を抜く。

驚いたことに、刀は模造品ではなく本物のようだ。

刃の輝きが、明らかに本物のそれだった。

なぜそんな行動を取ったのか分からず、私は身の危険を――というか弥白の身体を傷つけられるのではと身構えた。

いくらなんでも、気分を害したから切り捨てるというわけでもないだろうが……。

困惑している間に、氷雨は刃を自分の首元に当てる。

「なっ……！」

信じられないことに、彼はためらいなく自分の首筋を斬った。

しかも、薄皮を切る程度ではない。まるで自分の首を切り落とさんばかりの強さだった。

私はその行動に驚いて席を立ち、彼を止めようと手を伸ばしたが間に合わない。

彼の首から鮮血が噴き出した。

「どうしてこんなことを……！」

私は動揺しながら咄嗟《とっさ》に近くにあったテーブルクロスを引き寄せ、氷雨の首を押さえて止血しようとした。机に載っていた花瓶が床に落下して割れる。

だがテーブルクロスは一瞬で鮮血に染まってしまう。こんなものでは血を抑えることはできない。

私は氷雨の頭を自分の太ももに乗せ、彼の首を押さえながら部屋の外へ向かって大声で叫んだ。

「だれか、だれか来てくれ！　当主が大変なことになっている！」

私の声を聞き、使用人の少女がこちらをのぞきに来た。弥白と同じ年頃の少女だ。

彼女は私たちを一目見ると、慣れたように頷いた。

「おや、また氷雨様がふざけていらっしゃるのですね」

「そんな悠長なことを言っている場合ではない！　すぐに医者を呼んでくれ！」

だが少女は淡々とした口調で言った。

「心配なさらずとも、大丈夫です」

礼儀正しく頭を下げたかと思うと、彼女は部屋の外に消えてしまった。

「――っ！　ここの人間は、いったいどうなっているんだ⁉」

着物が、氷雨の血で真っ赤に染まっていく。

氷雨は膝枕をされた状態で私を見上げ、弱々しい口調で言った。

「あなたに会えてよかったです。あなたの膝の上で死ねるなら、本望です」

儚《はかな》い口調でそう言って、静かに目蓋を閉じる。まるで、本当に事切れてしまったかのように。

「おい、しっかりしろ！」

そう叫び、氷雨の身体を揺さぶる。

彼の肌から、とくりとくりと鼓動が伝わってきた。

まだ生きている。

どうすればいいのか分からない。使用人が協力してくれないなら、自分で医者を呼びに行くか？　しかし、私はこの周囲の地理が分からない。

困惑している間に、いつの間にか血が止まっていた。あれだけ出血していたのに。

「傷が、消えた……？」

私は氷雨の首元に注目する。

ためらいのない深い傷で、骨まで見えるほどだったのに。

まるで最初から傷などなかったかのように、綺麗に塞がっていた。

「驚きましたか？」

私を見上げながら、氷雨がへらへらと微笑んだ。

瞬間、私は無言ですっと立ち上がった。

その反動で膝に乗っていた氷雨の頭が床に落下し、ごとんと重い音を立てた。

「痛いなぁ……」

床に倒れていた氷雨は、頭を押さえながら上半身を起こした。

動揺して弥白の口調でなくなっていたのに気づき、必死に取り繕う。

「どういうことですか？　きちんと説明してください！」

氷雨は床に腰かけ、淡い笑みで言った。

「俺は、怪我《けが》をしてもすぐに治るんです」

「怪我って……どんな大きなものでもですか？」

「はい。さすがにためしたことはありませんが、きっと首を完全に切り落としても、どうにかして繋《つな》がるのではないでしょうか」

私は言葉を失い、何も言うことができなかった。

氷雨が探るような視線を私に向ける。

「俺が恐ろしいですか？」

「いえ……恐ろしいというか、困惑はしています……」

私はギロリと氷雨を睨みつけた。

「それに、怒っています。私をからかいましたね？　本当に死んでしまうと思ったんですよ！」

「すみません、ですが百聞は一見にしかずと言うでしょう。口で説明しても、信じてもらえないと思ったんです。それなら、見せた方が早いかなって」

まあたしかに、口で「自分は不老不死だ」と言われても、すぐに信じるのは難しかっただろう。だとしても、やり方というものがある。

「ここ数年、俺は人前には極力姿を現さないようにしていましたが、周囲の人間が怪しむのも無理はないでしょうね。俺が、歳を取ることができないのは事実です」

「それは、異能の力ですか？」

弥白や彼女の両親にも、退魔の力が備わっていた。

異能には、様々な種類がある。

ならば歳を取らない異能や、傷を治す異能があってもおかしくない。

「俺は異能も使うことができますが、傷が治るのはまた別の原因ですね」

「別の原因……？」

「あなたに貰った、不老不死の薬を飲んだので」

私は驚いて目を見開いた。

「不老不死の薬……？　老いない、死なないということですか？」

「はい」

「では氷雨さんは、いつから生きているのですか」

そう問うと、氷雨は目を細めて微笑んだ。

「千年前。あなたに出会った時から、ずっと生きています」

頭の中にまたなにかの記憶がふっと過《よぎ》ったが、姿をつかむ前にすぐに消えてしまった。

「この千年間、あなたに再び巡り合うために生きていました」

それを聞いた瞬間、背筋が冷たくなった。

思わず引きつった顔になってしまう。

「千年って……。冗談でしょう？」

「ええ、冗談ですよ」

氷雨はそう答えたが、そんな意味のない冗談を言うとは思えない。

首を斬り落とそうとするほどの傷でも、すぐに治る力。

何十年も外見が変わらないという噂。

この男は、本当に私が前世で生きていた時代から、今日まで生き続けているのだろうか。

私とまた出会うために……？

「俺はカグヤのことを愛しているんです」

今まで何度も放たれた、愛しているという言葉が今までとは違う響きで聞こえた。

「嘘！」

「本当です。だから、俺はカグヤの嫌がることはしません。絶対に、命を懸けて」

そう言って、氷雨は私の手を取って口づけた。

気に食わない。

「どうして私にこだわるんですか？」

「あなたが俺の愛した女性の生まれ変わりだから。千年以上待っていたんですよ。今さら諦められるわけありません」

「私はその『カグヤ』という人物とは別人です。外見も中身も、まったく違うはず。きっと、すぐに嫌になりますよ」

自分に言い聞かせるように、そう告げた。この器は弥白のもの。これからの人生も、すべて弥白のものだ。過去にとらわれていいわけがない。

そう拒絶したのに、氷雨に堪えた様子はない。

「カグヤ」

今の私は「弥白」だと伝えているのに、それでもこの男は「カグヤ」と私のことを呼ぶ。

「あなたの着物を、血で汚してしまってすみません。明日、一緒に新しい着物を買いに行きましょうね」

私は氷雨の手を振り払い、踵《きびす》を返して部屋から出ようとした。

ソファの上に文化人形を置き忘れていたのに気づき、振り返ってソファの方へ戻り、私は弥白を持ってずかずかと応接間を出る。

そんな私を、氷雨が満足そうに眺めていた。

二階にある自室に戻り、扉に鍵をかける。

そして私はベッドの上に倒れこんだ。

それまでぴくりとも動かなかった文化人形が私の腕からむくりと起き上がり、動き出す。

「カグヤ、そのまま寝たのでは、寝具が血で汚れてしまうわよ」

そういえばあの男が自分の首を斬ったせいで、着物が血まみれなんだった。

私は面倒だと思いながら、帯をほどいて着物を脱ぎ、ベッドの下へ放り投げる。

下に着ていた襦袢《じゅばん》にも血が染みていたが、すべてが面倒だ。

弥白が私の顔のそばに立ち、こちらをのぞきこんでくる。

「驚いたわね！　氷雨さん、千年前からあなたを待っていたと言っていたわ」

「でたらめに決まっている！」

「だけど、もしそれが本当に……真実だったら？」

私は氷雨の貫くように青い瞳を思い出し、ぞくりとする。

「……真実だとしたら、それはそれで恐ろしいだろう。本当に、たったひとりの人間に会うために、千年も生き続けてきたのだとしたら……」

「だとしたら？」

「それはもはや、愛などという生易《なまやさ》しいものとは別ではないか？　私には、正気の沙汰とは思えないが」

そう告げると、弥白は思い悩むように大きな頭を傾ける。

「そうね。千年もの間、たったひとりの人に出会うためだけに、生き続けられるものかしら……。私には、まったく想像がつかないわ」

「そうだな。私にも、想像がつかない。想像したくもない」

「でもあの人、きっとカグヤのことをとても大切に思っているわ。だって、瞳がまっすぐだもの。悪人だったら、あんな表情をしないと思うわ」

「弥白はお人好しだからな。すぐに騙されてはいけないよ」

そう忠告すると、弥白は「真剣に言っているのに」と頬をふくらませた。

私は軽く笑いながら目蓋を閉じている間に、そのまま眠ってしまった。

幕間　千年の孤独

彼女のことを、何百年も待ち続けた。


戦争を乗り越え、災害を乗り越え、日本という国は目まぐるしい進化を遂げた。

人々の装いは変わり、建物や街並みも変化した。


その間、〝俺〟はずっと孤独だった。


たとえわずかな時間心を通わすことができる友人ができたとしても、尽くしてくれる使用人が現れたとしても、どうせ何十年か経てばみんな死んでしまうのだ。

親しかった人間は、全員死んだ。

戦で。病気で。事故で。事件で。自ら命を絶って。ありとあらゆる理由で。

親しくなればなるほど、その死は悲しかった。

それ以上に悲しかったのが、だんだん人の死に鈍感になることだった。

どれほど親しくしていた相手だったとしても、いつしか「ああ、またか」と思うようになってしまったのだ。


ひとりでいる時間は、退屈だった。

だがどんなことをしても、暇つぶしにもならない。どんな娯楽も、俺の心の底から楽しませてはくれなかった。

俺は屋敷の中で何十年も眠り続けた。

表に出て人と接すれば、どうせ歳を取らないことを怪しまれる。


長い年月を経て、時代は大正に移り変わった。

カグヤが現れれば、俺は絶対に彼女の霊力を感じ取れる確信があった。

だが何十年待っても、何百年待っても、カグヤは現れなかった。

もしかしたら、もう二度とカグヤに会えないのではないか。カグヤが生まれ変わることはないのではないか。

もしくはカグヤは生まれ変わったけれど、俺が彼女に気づく前に、また俺より先に死んでしまったのではないか。

そう考えて絶望し、俺は何度か命を絶とうとした。
だが、死ぬことはできない。
たとえ腕を切っても、毒薬を飲んでも、首を吊っても――。
俺に死ぬことは許されない。
だから俺にできるのは、カグヤを待ち続けることだけだった。

そしてある日、俺はカグヤの霊力を感じ取った。
カグヤは九条弥白という少女に生まれ変わっていた。
ああ、やっと再び巡り合えた。
感動した俺は、すぐにカグヤの居場所を突き止めた。
カグヤの新しい器は、九条弥白という名前だった。
俺が九条弥白を初めて見たのは、彼女が五歳の時だ。
彼女にはあたたかい陽光のような、退魔の力が備わっていた。
弥白は、まだまだ幼い子供だった。素直で明るく、表情がよく変わる。
母親が大好きで、よく甘えていた。
俺はことあるごとに弥白の様子を見に行った。

弥白が成長しているのは嬉しい。
だがこれほど長い間待ち続けたのに、俺は彼女を見て「カグヤとは違う」と思ってしまった。

カグヤの顔立ちは、弥白とは違う。
カグヤの瞳は藤色だったが、弥白の瞳は黒い。
カグヤの髪は、もっと長くて美しかった。
カグヤは笑う時、もっと高らかに笑った。
カグヤはあんな風に、大声で泣いたりしなかった。
カグヤの身のこなしは、もっと優雅だった。
カグヤはだれと話す時でも、堂々としていた。

弥白を見ていても、ついカグヤと違う点ばかり考えてしまう。
当然と言えば当然なのかもしれない。割り切らなくてはいけない。
あくまで弥白はカグヤの生まれ変わりで、カグヤとは別の人間なのだから。
いずれにせよ、他人に渡すつもりはない。

今は違和感があったとしても、そばにいるうちに、きっと弥白のことも愛せるようになるだろう。

すぐにでも婚約して家に迎え入れたかったが、弥白はまだ五歳だ。

さすがに外見年齢が二十代前半の俺が彼女と婚約したいと言えば、九条弥白の両親は不審がるだろう。

あと数年待ち、弥白が十代半ばになれば、婚約してもおかしくない年齢になる。

今まで千年以上彼女を待ったのだ。

数年待つくらい、なんでもない。

だが、カグヤに出会うことができなかった数百年より、弥白の成長を待つ数年の方が途方もなく長く感じた。

その頃、帝都で異形と悪鬼が暴れているという噂を聞いた。

弥白の両親は、退魔の異能を持っていた。

弥白から感じられる霊力も、彼らから受け継いだものだろう。

弥白の両親は幻影衆からの依頼で、帝都の悪鬼の討伐に向かうことにしたようだ。

幻影衆の存在は、俺も知っていた。これだけ長い間生きていれば、どんな情報も耳に入る伝手《つて》ができるものだ。

そもそも俺自身も遥か昔に、幻影衆と同じように異形を討伐していたことがある。だがカグヤがいなくなってからは、異形と戦うこともなくなった。

守るべき人がいないのだから、戦う必要がない。


俺が弥白の両親の死を知ったのは、彼らが死んだ数日後だった。

まさか、命を落とすとは思わなかった。弥白の両親は、優れた退魔の力の持ち主だった。

俺は彼らが死んだ時の状況を、幻影衆の人間にたずねた。

組織の人間いわく、弥白の母が対峙していたのは、己の姿を変化《へんげ》させることができる異形だったのだと。

正確に言えば、「対峙している相手が大切に思う相手の姿」に見える幻術をかけられる異形だったそうな。

おそらく弥白の母には討伐しようとしている異形の姿が、自分の娘である弥白の姿に見えたのだろう。

実際弥白の母が異形に攻撃されている時、彼女を助けようと近づいた幻影衆のひとりが、「弥白」と呟きながら倒れた母親の姿を目撃している。

傷を負った弥白の母親を助けようとして、弥白の父親もその異形に殺されてしまった。

きっと彼らは、その異形が弥白本人ではないことなど理解していた。

だが、それでも弥白の両親は娘と同じ顔をした異形を殺すことができなかったのだろう。

その後異形は幻影衆に討伐されたが、弥白の両親は手遅れだった。ふたりは寄り添うようにして、息を引き取ったという。


彼らのことを、見守っていればよかった。彼らが異形と戦った時に近くにいれば、命を救うことができたかもしれない。

正直、弥白の家族であろうと、弥白以外の人間の安否などどうでもいいと考えていた。

だが両親が死んだと知れば、弥白は深く傷つくだろう。

太陽の光のように、明るい笑顔を見せる弥白の表情が曇る姿を想像し、俺は深い後悔の念に苛《さいな》まれた。

彼女の両親のことも気にかけるべきだった。

命を軽く考えていた、俺への罰なのか。

その日から弥白の霊力は、消え失せてしまった。
そして俺は、九条弥白を。
――カグヤを再び失ってしまった。

三章　帝都での買い物

「カグヤ。この部屋に、あなたに似合うと思った服を準備してあります」

「カグヤと呼ぶのをやめてください。私は九条弥白です」

「分かりました。ではカグヤ、準備ができたら下りてきてください」

「人の話を聞いていますか⁉」


その日、私は氷雨と帝都へ買い物へ行く予定になっていた。

氷雨の血で着物が汚れていたので、新しい着物を買ってくれるようだ。

私は氷雨に言われた部屋に足を踏み入れ、驚いた。

どうやら一室丸ごと服を置く衣裳部屋になっているらしい。この屋敷に衣服と装飾品専用の部屋があるなんて、想像していなかった。

部屋にはずらりと女性物の着物と洋服が並んでいた。

「こんなにたくさん……」

氷雨が部屋を出て行ったのをしっかりと確認し、私は困惑しながら腕に抱えていた弥白に問いかけた。

「すごい服の数だな」

弥白は私の腕から飛び降り、キラキラと瞳を輝かせ、文化人形の短い足で床を駆け回った。

「素敵！　かわいいお洋服と着物がいっぱいね！」

「私はどれがいいのかまったく分からん。弥白、着てみたいものはあるか？」

衣裳部屋をしばらくうろうろして考えた結果、弥白は言った。

「そうね……この藤色の着物、カグヤに似合うんじゃないかしら？」

私は弥白に言われた藤色の着物を身に着けてみる。

「どの着物でもいいが、外見はお前だぞ？」

「顔は私だけど、中に入っているのがカグヤだからか、普段の私より凛《りん》とした表情に見えるのよ」

「そうか？　あまり変わらんと思うがな」

着替えた私を見て、弥白は瞳を輝かせる。

「うん、やっぱりとても似合っているわ！」

それから表情を一転させ、弥白は悲しそうに頭を垂れた。

「うう、氷雨さんとカグヤの逢引、見たかったわ」

今は人形の身体だが、こんな風に弥白が表情をコロコロと変えるのを久しぶりに見て、私は嬉しい気持ちになる。叔父夫婦の家ではいつもぎこちない表情ばかりしていたが、本来弥白は明るい少女だった。

「一緒に行けばいいじゃないか」

「さすがに出先まで人形を持って歩くのはおかしいでしょう。私は部屋でお留守番しておくわ。何があったのか、あとで聞かせてね」

「別に、何もないと思うぞ」

やれやれと考えながら、私は部屋に文化人形を置いて、応接間に下りた。


新しい着物に着替えた私を見て、氷雨は晴れやかな笑顔になった。

「ああ、とても素敵ですよ。やはりあなたには、藤色の着物がよく似あう」

どういう意味だろうか。

いつも洋装の氷雨だが、今日は珍しく紺色の着物を着ていた。

「氷雨さんも、今日は和装なんですね。洋装の印象だったので珍しい気がします」

「あなたはおそらく着物を選ぶと思ったので、俺も着物にしたんです。次に出かける時は、一緒に洋装にしましょうね」
私はそれを無視し、考えていたことを告げる。
「あの、新しい着物を買いに行くと言いましたが、もう必要ないと思いますよ。だって
この屋敷には、たくさん着物も洋服もあるじゃないですか」
弥白はずっとつぎはぎだらけの着物を着回していた。それだけしか叔父と叔母に与え
られなかったからだ。
だがこの屋敷には、選びきれないほどの服がある。これ以上増やす必要はないだろう。
というかただ単に、この男とふたりで出かけるのが面倒だからそう言ったのだが。
「俺は、あなたが自分で選んだ着物が見てみたくて」
「私の？」
「ええ。あの部屋にあるのは、俺があなたのことを想像して選んだ着物なので。どれが
あなたに似合うかと考えながらそろえたんですが、やはり俺の好みとあなたの好みは違
うでしょう」
そう言って、氷雨は私の手を取り強引に玄関を出た。
それから氷雨と私は車で送ってもらい、帝都に到着した。

帝都には、煌《きら》びやかな空気が漂っていた。

西洋建築の影響を受けたモダンな建物や高層ビルが立ち並び、都会的な雰囲気だ。

通りに出ると和服の人々もいれば、洋服を着こなす人もいる。特に女性が赤い口紅をつけて流行のワンピースを身に纏っている姿は華やかだ。

人々の間を縫うように、路面電車が走り抜ける。道路には自動車も見えるが、まだまだ一般的ではないようだ。

帝都が都会だとは耳にしたことがあったが、まさかこれほど発展しているとは。

「私が暮らしていた場所とは、まったく違いますね」

「少し都会に来ると、ずいぶん景色が違いますよね。とはいえ帝都も通りを一本入ると、古い時代から続く茶屋や木造の伝統的な家もたくさんあるんですけどね。行きたい場所があったら、教えてください」

私はこの光景を、弥白に見せたいと思った。やはり変だと言われても、文化人形を持ってくればよかった。あまり都会に興味がない私が見ても、物珍しいと思うのだ。弥白がいたら、きっと大喜びしただろうに。

「俺のそばから離れないでください。帝都では頻繁に怪異が出現しているようですから。離れ離れになってしまうと危険なので、手を繋ぎましょう」

そう言ってにこりと微笑んで手を出される。

断る理由が思いつかず、私は仕方なく氷雨の手を握る。

それだけで、氷雨は目を細めてこちらが恥ずかしくなるくらいに嬉しそうに笑った。

「帝都には、本当に怪異が存在するんですね。私が住んでいたのは郊外なので、実際の怪異を見たことがないのです」

悪しき心に蝕《むしば》まれた人間は、鬼のような姿に変貌し、人ではなくなってしまうらしい。

そして悪鬼は、人間を襲い命を奪う。だから異能を持った人間は幻影衆に所属し、その怪異を討伐している。

それが弥白が幼い頃、彼女の両親から聞いた話だった。

弥白の両親のことを思い出し、少し切ない気持ちになる。弥白の両親も、帝都のこの通りを歩いたのだろうか。

「氷雨さんも、怪異を討伐する幻影衆の一員なんですか？」

「いえ、俺は幻影衆ではありませんよ」

「異能があっても、必ず組織に属さなければいけないというわけではないんですね」

「ええ、そもそも性格として戦いに向いていない人もいますからね」

「それはそうですよね」

「俺が表立って怪異を倒すと、不老不死のことが広まって騒ぎになるのが面倒ですから」

「ああ、なるほど」

それから氷雨は私を呉服屋に連れて行った。

店の内装は落ち着いた色調で整えられ、精緻な漆塗りの家具と、伝統的な和の装飾が調和している。壁には屏風《びょうぶ》や掛け軸がかかり、品格が漂っている。

呉服棚には色とりどりの着物が丁寧に並べられ、上品な光沢を放っていた。

どの着物も息をのむほど美しかったが、私は小物が並んでいる場所に目を留めた。

「では、この藤の花のかんざしを買っていただけますか？」

「ええ、もちろんかまいませんが……」

なんとなく懐かしさを感じたので、そのかんざしを選んだ。

「本当にこれだけで良かったんですか？」

「はい！　このかんざしが欲しかったんです」

私は上機嫌になり、藤の花のかんざしを眺めた。

これならきっと、弥白によく似合うだろう。弥白が元通り器に戻ったら、着けてもらおう。弥白のお土産としてかんざしを購入できて、私は満足した。

「思っていたより、早く買い物が終わってしまいましたね。せっかくだから、甘いものでも食べませんか？」

「甘いものですか？」

私と氷雨は喫茶店に向かい、そこでクリームソーダを注文した。以前弥白が最近若い女子の間で流行していると話していて、いつか食べてみたいと思っていたからだ。

クリームソーダを一口食べた瞬間。私は瞳を驚きに輝かせた。

「こんなおいしいもの、生まれて初めて食べました……！」

私は長年、器の弥白の中で魂だけの存在だった。

だから肉体的な痛みや空腹、眠気や病気の苦しみなどは、弥白を通じてぼんやりと伝わってくるだけだった。

今は私自身が弥白の身体を使っているからか、すべての感覚が以前より数倍鮮明に伝わってくる。

甘味を食べるのがこんなに幸福だなんて知らなかった。

氷雨は喜んでいる私を見て、満足そうに微笑んだ。

「気に入ってもらえてよかったです」

ああ、弥白をここに連れてきたい。

弥白は叔父夫婦と暮らしてから、満足な食事をとれていなかった。これほどおいしい甘味があるなんて、知らないだろう。今すぐにでも弥白と代わってあげたい。

だがたとえなにか菓子を買って土産として持ち帰っても、弥白が食べることはできないだろう。

文化人形に入った弥白は、眠さや空腹や痛みを感じないらしい。それはこれまで人間だった弥白からすると、とても恐ろしいことなのではないか――。

弥白の代わりに、こうして楽しんでいる自分に罪悪感を覚えた。一刻も早く、弥白に器を返してやらないと。

「どうしました？」

氷雨に声をかけられ、私はハッとして顔を上げる。ついひとりで考えこんでしまっていた。

「いえ。クリームソーダがとてもおいしくて、ぼうっとしていました」

「そうですか」

それからしばらく帝都を見物していたら、あっという間に黄昏時《たそがれどき》になっていた。

「今日は楽しんでいただけましたか？」

「……想像していたより、楽しかったです」

私は率直に感想を述べた。

私は氷雨のことを、まだ信用していない。だからこの男とふたりで出かけても、警戒して徒労に終わるだけだろうと考えていた。

だが、実際はすぐに時間が過ぎてしまった。

それは帝都が物珍しいからというのもあるだろうが、この男と過ごす時間に、どこか懐かしさのようなものを感じたからでもあった。考えなければいけないことはたくさんあるはずなのに、まるで普通の娘のように楽しんでしまった。

私の返事を聞いた氷雨は、おかしそうに笑った。

「そうですか、期待を上回ったようで何よりです。次回はもっと楽しんでもらえるように頑張りますね」

そうして私たちが帰ろうとした時、どこかから子供の悲鳴が聞こえた。

私は声が聞こえた方へ顔を向ける。

私は突き動かされるように、悲鳴が聞こえた方へと走って行く。

「カグヤ、どうしたんですか⁉」

「子供が助けを呼ぶ声が聞こえたのです！　帝都には、異形や悪鬼が現れるのでしょう⁉　もしかしたら、襲われているかもしれません！」

氷雨はすぐに私を追い越して、私の腕をつかんで引き留めようとする。

「落ち着いてください！　この周囲には、幻影衆の屯所があります。すぐに幻影衆が助けに向かうはずです」

「だけどっ……！」

氷雨が私のことを諭《さと》すように問う。

「あなたはもう、退魔の力を使えない。そうですよね？」

——その通りだ。

幼い頃の弥白には、退魔の力があった。しかし両親の死を知った時から、弥白の力は失われた。

異能を使ったことがない私が駆け付けたとしても、幻影衆の邪魔になるだけかもしれない。

だが、それでも……。

「もし幻影衆がすでに助けに向かっているのなら、邪魔にならぬよう私は身を引きます。

どのような状況か、確認させてください！」

弥白の両親は、異形に襲われて命を落とした。

弥白は何度も、そのことを悔いていた。

『私がそばにいれば、お父さんとお母さんを助けられたかもしれない』

そう、何度も嘆いていた。

実際弥白がいたとしても、彼らを助けられたかどうかはまた別の話だ。幼い弥白の力は未熟だったし、結果は変わらなかったかもしれない。

だが、弥白がもう戻すことができない時間のことを考え、後悔している気持ちは痛いほど伝わってきた。

だからこの場にもし弥白がいれば、きっと彼女は迷わず異形に襲われている人間を助けるだろう。

弥白はもう二度と、異形に命を奪われるものを作りたくないと考えるはずだ。

私の決意が固いのが伝わったのか、氷雨は小さく呟《つぶや》いた。

「仕方ないですね。そんなに必死な顔をされては」

氷雨は着物に仕舞っていたらしい、懐刀《ふところがたな》を取り出した。

「付いてきてください。絶対に、俺より前には出ないで」

「それは……？」

「護身用の短刀です。俺にも異能がありますから、一瞬悪鬼の興味を引くことくらいはできるかもしれません。ですが、これで斬り合うのは難しいです。危険だと思ったら、無理やりあなたを連れて逃げますよ」

私は氷雨の言葉に頷いた。

子供の声がした方角へ進むと、袋小路になっている場所に六歳くらいの少女が追い詰められていた。

親とはぐれたのか、着物姿の少女は隅にうずくまって震えている。

近くに幻影衆の姿は見当たらない。

少女に襲い掛かろうとしているのは、鬼だった。

一瞬、普通の人間に見えた。

鬼は黒い着物を着ているが、悪鬼と言うからにはもっと人間からかけ離れた姿なのかと思っていた。

頭からは二本の角が生え、耳が人より鋭くとがっている。肌は青白く、瞳は血のように赤かった。

だが逆に言えば、それ以外はほとんど人間と変わらない外見だった。

私は鬼の横をすり抜け、うずくまっている少女を抱きしめる。

鬼は背後から刀で斬りかかってきた。

氷雨が私たちの間に入り、短刀でその刀を受け流す。

「氷雨！」

「俺のことはいいから、早く逃げてください！」

そう叫んで氷雨が短刀を薙《な》いだ瞬間、その軌道に黒い空間が現れる。

まるでその場所だけ影ができているような。空間を不自然に切り取ったように、穴が空いているような。

これが氷雨の異能なのだろうか。

私は壁際にいた少女の手を取って走る。

「立って！」

それまで恐怖で震えていた少女は、私の声に弾かれたように立ち上がった。

少女と袋小路を抜けると、すぐそばの通りに女性の姿が見えた。

「お母さんっ！」

どうやら少女の母親のようだ。はぐれた娘を捜していたのだろう。母親は泣きそうな顔で娘を抱きしめる。

私は母親に少女を預け、すぐに氷雨のいる場所へ戻った。


鬼と氷雨は、まだ斬り合いをしていた。

鬼が舌打ちをし、顔を歪める。

「面倒な異能を使いやがって。戦いにくい」

氷雨を助けたいが、どうすればいいのか分からない。私が出て行っても、邪魔になってしまうだけだ。

戻ってきた私に気づき、氷雨が私の身体を庇《かば》うように短刀を薙ぐ。

少し離れた場所から、「幻影衆が来た」と民衆の騒ぐ声が聞こえた。

鬼は再び舌を打つ。

「もうちょっと遊びたかったのに、加勢が来たか。さすがに分が悪いな」

「早く立ち去ってください。今は命まで取るつもりはありませんが、彼女に危害を加えるのなら容赦しませんよ」

鬼は並みはずれた跳躍力で垂直に飛び跳ねた。私と氷雨の背丈を優に超えて、建物の二階ほどの場所で壁に向かって足を蹴り出し、その反動でまた高く跳びあがる。

　空中へ跳んだ鬼と、一瞬視線が重なった。

　鬼は驚愕した表情に顔を歪ませ、呟いた。

「……カグヤ」

　私の顔を見た瞬間、鬼はたしかにそう言った。

　その言葉を聞いた氷雨が叫ぶ。

「待て！」

　悪鬼はまだなにかを言おうとしていたが、建物の屋根に足を押し当てて再び高く跳びあがり、やがて姿を消した。

　とても人間の足では追いかけられそうにはない。

　鬼の姿が消え去ると、氷雨は私におおいかぶさるようにして問い詰める。

「カグヤ、無事ですか⁉」

「ええ、平気です。私が襲われたわけではないので」

「無茶をしないでください。いきなり子供のそばに駆け寄った時は、ひやりとしましたよ」

　そう言って、氷雨は私の身体を抱きしめた。

「なっ……」

彼に近づくと、藤の花の香りがした。私はそれを、なぜか懐かしく思う。

戸惑っている間に氷雨はパッと身体を離し、私の手を引いて歩き出した。

「さて、幻影衆に見つかると厄介《やっかい》です。俺たちも、さっさとここを立ち去りましょう」

「はい」

私は去り際、鬼がいた場所を振り返った。しかし、もうそこにはだれの姿もない。


表通りに出てしばらく歩くと、迎えの車が待っていた。

車に乗り込んでから、先ほどの出来事を考える。

「氷雨さん。……さっきの鬼、私の顔を見て『カグヤ』と言いました」

氷雨も同じことを考えていたのだろう。その言葉に頷き、眉を寄せる。

「ええ。あの鬼は、あなたのことを知っているようでした」

彼は私を見つめてはっきりと言った。

「カグヤ。これから外出する時は、絶対にひとりにならないでください。できれば、俺が一緒にいる時に。もし俺がいない場合も、必ず屋敷の使用人のだれかと行動してください。彼らは全員、特別な訓練を受けています」

「ですが……」

「あなたの安全のためです。あの鬼は、あなたを知っていた。きっとまた、接触してこようとするはずです。絶対にひとりで行動しないでください」

有無を言わせぬ口調で言葉を重ねる。

「……はい」

そう言われると、それ以上口答えすることはできなかった。


氷雨の屋敷に到着してからも、私は落ち着かない気持ちだった。

自室に戻ると、弥白がそわそわした様子で出迎えてくれた。

「おかえりなさい、カグヤ！　どうだった、氷雨さんとのお出かけは？」

「それが……」

私は帝都で鬼に出会ったこと、そしてその鬼が私の名を知っていたことを告げた。

その話を聞き、弥白は心配そうに眉を寄せる。

「つまり、その鬼も前世であなたと繋がりがあったってことなのかしら？」

あの鬼は、何者なのだろう。

私は知らないことが多すぎる。

敵のことを知らないどころか、自分のことすら分からない。

何も分からない状態では、弥白の器を守ることができない。

「……氷雨にたずねてみよう」

私は文化人形を抱え、階段を下りる。


氷雨の部屋の戸を叩き、声をかけた。

氷雨はすぐに部屋の中から現れた。

「氷雨さん、私が生まれ変わる前の時のことを、あなたは知っているのですよね？」

「ええ」

「教えてもらえませんか。私が、どんな人間だったのかを」

彼はほんの少し考えるようにして、それから頷いた。

「分かりました。付いてきてください」


氷雨は廊下を歩き、突き当りまで行くと、持っていた鍵で木製の古い扉を開いた。入ったことのない扉だった。

この屋敷は広く、どこにどんな部屋があるのか私はまだ分かっていない。台所や応接間など、たまに足を踏み入れる場所以外は知らない部屋がたくさんある。

氷雨に付いて歩くと、扉の先に地下に続く階段が現れた。

「これって……」

階段の先には、さらに厳重に閉ざされている扉があった。氷雨は先ほどと同じように持っていた鍵で扉を開く。

そこは、決して足を踏み入れるなと言われた地下室だった。

「私はこの部屋に入ってはいけないのでしょう？」

氷雨は軽く微笑んで言った。

「いずれ、あなたをこの部屋に案内しようと思っていたのです」

「それならどうして、入ってはいけないなどと言ったのですか？」

「あなたのことですから、入ってはいけないと止めた方が、逆に興味を持って忍び込んでくれると思ったので」

「まあ。ひどいですね」

そう告げたが、まさに氷雨の言う通り、私はこの部屋が気になっていた。氷雨が留守にしている間にこっそり忍び込んでやろうとも考えていた。すべてがこいつの読み通りだったのが悔しい。

「あなたのことは、必ず俺が守ります。ですが、記憶を取り戻せるのなら、取り戻した方がいい。それが難しくとも、退魔の力さえ戻れば、自衛できるのですが……」


そう言って、氷雨は重い鉄の扉を開いた。

地下室の中は、想像した雰囲気と違った。

物々しい言い方だったので、てっきり陰鬱な空気で、なんなら牢屋でもあるのかと思っていたが。

そこは白い壁に四方を囲まれ、まるで美術館のような静けさに包まれた部屋だった。ものはほとんどなにも置かれてない。

目に飛び込んで来るのは、壁一面を埋め尽くすほどの屏風絵だった。屏風絵は何枚かあったが、いずれも金色で、古いものなのか年代を感じさせるように少し色褪せていた。

絵に描かれているのは十二単《じゅうにひとえ》を纏った貴族の女性たちが談笑する様子、文《ふみ》を書く様子や舞を踊る様子といった優雅な光景だ。

最初は古い時代の日本の絵なのかと思ったが、普通の人間とは違う様子も描かれていた。

数人の女性たちが、着物の上に羽衣を纏っている。彼女たちは空中をゆっくり降下しているようだ。

そして屏風絵の中心には、藤色の十二単を纏った少女が座っていた。

少女はどこか切なげな表情で俯《うつむ》いている。

少女の視線の先には位置関係的に庭があるはずだが、そこに広がっていたのは庭園ではなく、青い星だった。

ここに描かれているのは——月の都の情景だった。

そう分かった瞬間、心臓がどくりと跳ねた。

「……これは、私の国だ」

無意識のうちにそんな言葉が唇からこぼれ落ちた。

自分の発した言葉が信じられず、私は思わず口元を手で押さえる。

「今のはカグヤの言葉ですね⁉　過去のことを思い出しましたか⁉」

氷雨が瞳を輝かせ、私の顔を覗き込んでくる。

その姿に、なぜか胸が軋《きし》んだ。

「いいえ、なにも」

そう言って顔を背けると、氷雨は不服そうな表情でしばらくこちらを見ていた。怪しんでいる……。

氷雨は屏風絵の近くに向かって歩き、その中の一枚を差した。

弓を放とうとしている少女の絵。

彼女は藤色の十二単を身につけ、足元まで伸びる漆黒の長い髪をなびかせている。先ほど見た少女と同一人物だろう。

「これが、あなたの前世の姿です」

「私、ですか？」

「ええ。あなたは、月の都の姫でした。月の都の姫であり、強い力を持った巫女でもあり、戦士でもあった」

「戦士？　戦っていたのですか？」

「はい。カグヤは弓を使い、異形と戦っていました。といっても普通の弓ではありません。月の光を集めた矢を放つのです」

そう言われて見ると、たしかに絵の少女が放つ弓は白く光り輝いていた。

「あなたの話では、カグヤとあなたは恋人だったのでしょう？　あなたも月の都の民だったのですか？」

「いいえ、俺はずっと人間ですよ。カグヤは月の都から人間の世界に降り、しばらく人間として暮らしていたのです」

「人間として暮らしていた……」

氷雨の瞳は、私の感情のほんの少しの動きも見逃さないというようにこちらを見つめている。私は綻びが出ないように気を引き締めた。

「俺はカグヤと出会った時、幻影衆と似たようなことをしていました。異能を使い、あなたと一緒に異形を倒し、そして俺はあなたのことを愛するようになりました」

氷雨の視線から、言葉から、前世のことを思い出して欲しいという気持ちが伝わってくる。だが私はその気持ちへの答えを持っていない。

「月の都に行くことはできないのですか？　現在月の都は、どうなっているのですか？」

「分かりません。一応、今は俺が月の都を統治していますが、俺ひとりでは行くことができないので。きっと、カグヤの魂が目覚めれば行くことができますよ。俺もあなたと再び出会えたら、月の都へ向かおうと考えていましたから」

前世の話を聞けば何か分かるかと思ったが、よりいっそう疑問が増えるばかりだった。私は自分のことが、何も分からない。この男が私のことを知っているのなら、情報を引き出したい。

「待ってください。あなたは人間なのに、月の都を統治しているのですか？　どうして？　だって、月の都にはそこで暮らす民がいるのでしょう」

氷雨は一瞬迷ったような顔をして、それから打ち明けた。

「月の民は、滅びを選んだのです」

「滅び……？」

あまりに情報が多くて、受け入れられない。

私がもともと、この星で暮らしていた人間でないというだけでも衝撃的だったのに。

さらに、私の故郷の星は滅びてしまったと言う。

私は屏風に描かれた、輝かしい月の都の光景を眺める。

「では月の都にはもう、民たちも、だれひとり存在しないということですか？」

「ええ、きっと。ですから、月の都の現状には期待しないほうがいいです」


地下室での説明が終わったあと、おそらく氷雨とともに地下室から出たのだろうが、動揺していたからかほとんど記憶がない。

地下室を出る瞬間、私は部屋の隅に置いてある木の箱に目を留めた。

なんの特徴もない箱だが、そこに大切なものが入っているような気がして、後ろ髪を引かれる思いで部屋を出たことだけを覚えている。

自室に戻ると、弥白は私を気づかってなにか言葉をかけてくれた。

夕餉の時、氷雨も私にいつも通りなにか話しかけてきたが、曖昧に返事をしただけでどんなことを話したのか覚えていない。

だが、私が思い悩んでも仕方ない。今さらどうにかなることではないのだから。

こういう時は、早く眠って身体を休めよう。そう考えて布団に入る。


氷雨がカグヤのことばかりを話すからだろうか。

それとも、私の故郷だという、月の都の絵を見たからだろうか。

私はその晩、生まれ変わる前のことを夢に見た。

そこは、絵で見た通り美しい――いや、それ以上に眩い、月の都だった。

これは、私が意識の奥底で覚えている、過去の記憶なのだろうか。

氷雨は月の都は滅んだと言っていたが、この頃の月の都には、まだたくさんの人間が、いや、月の民が暮らしているようだ。

街並みは、やはり古《いにしえ》の日本に近い場所のように見える。しかしどの建物も金色に輝いていて、地球と違うのは明らかだった。

また月の都の民は、みな羽衣を身に纏い、自由に空を飛ぶことができるようだった。

建物の三階ほどの高さがある場所から飛び降りようとしている民を発見して危ないと思ったが、その民は羽衣でふわりと優雅に飛んで着地した。

それに月の民はみな若々しく、美しく、穏やかな表情をしていた。老人や子供もいるようだが、ほとんど見当たらない。


私がどこか懐かしさを覚えながらその光景を眺めていると、隣で声がした。

「この場所はどこを見ても、金色に輝いているわね」

弥白の声が聞こえ、私は隣を見た。

気が付くと、私の足元に文化人形が立っていた。

「弥白か。お前は夢の中でも文化人形の姿なのだな」

「ええ、どうしてかしら。だんだん馴染んできたわね、この姿に」

私は文化人形を抱き上げ、弥白と一緒に月の都を歩いてみることにした。

「ここがカグヤの故郷なのね。美しい場所」

「ああ、そうだな……。懐かしい気がする」

「みんな笑顔だわ。月の都は、とても平和な場所なんでしょうね」

夢の中だからか、私たちが月の民の近くを通っても、だれも意に介さないし、振り向きもしない。私たちの声も聞こえないようだ。これが過去の記憶なら、介入することはできないのだろう。

「なにか覚えている？」

弥白にそう問われ、周囲を観察する。

ふと見覚えのある建物を見つけ、その建物に向かって舞い降りた。

「あの建物……」

金色の建物ばかりの月の都でも、一際荘厳な美しさを持っていた。

高い屋根は金色の瓦で覆われ、緩やかな曲線を描いて天に向かって伸びている。柱は黒く塗られ、金箔や朱色の装飾が施された彫刻が細やかに刻まれている。建物の床には広々とした廊下が繋がっていて、綺麗に磨かれていた。

中庭には池が広がり、水面《みなも》に映る建物の姿が、まるで鏡のように美しく反射している。池の周りには色とりどりの花が咲き誇り、見るものの目を楽しませていた。

弥白は堂々と廊下を歩きながら周囲を観察する。

「お城かしら？　偉い人が住んでいそうな雰囲気よね」

私も弥白の後ろに続き、廊下を歩く。

すると、ある部屋から女性の声が聞こえてきた。

その部屋には御簾《みす》がかかっていたが、のぞきこめばすぐに室内に入ることができる。

そこに、『私』がいた。

弥白も一目で私に気づいたようだ。

「あれ、過去のカグヤよね⁉」

「ああ、そうだと思う」

藤色の十二単を着て、部屋に座っていたのは過去の私だった。昔の自分の姿を少し離れた場所から見るのは、なんだか居心地の悪い気持ちだ。

弥白は私の腕に抱えられ、興奮したように叫んだ。

「なんて美しいの！　本当に、気高いお姫様だったのね。肌は透き通るように白くて、日本人形のような黒くて長い、艶《あで》やかな髪。藤色の瞳に、凛とした表情。でも時折見せる寂しげな表情が、少し儚さを感じさせて……。月の都の人たちはみんな美しいけれど、その中でもだれもが振り返るような美女ね」

弥白があまりに私の外見を褒めちぎるので、照れくさくなって彼女の頭を小突いた。

「顔の造形など、どうでもいいだろう。弥白の顔も、私に似ているじゃないか」

「あら、全然違うわよ！　顔の部位は多少似ていても、あふれ出る高貴さや漂う優雅さがまったく別だわ。考えてみれば、生まれた時からずっと一緒にいるのに、私カグヤの顔を見たことがなかったものね」

「そういえばそうか。私はずっと弥白の器の中にいたから、これが初対面なのか」

「嬉しいような、残念なようなね。どうせなら、過去のカグヤでなく本物のカグヤに会いたかったわ」

過去の私は、女房——世話係の少女と会話していた。

月の都のカグヤ——紛らわしいので、前世のカグヤとしよう。前世のカグヤの年齢は、今の私と変わらない十八前後に見える。

そして私より少し背の高い少女が、カグヤの髪の毛を櫛《くし》で梳《す》いていた。

「カグヤ様の御髪《おぐし》は、本当にお美しい」

弥白は彼女のことを私にたずねる。

「あの子は、前世のカグヤのお世話係って感じかしら」

「ああ、そうだな」

「名前を憶《おぼ》えている？」

「ええと、たしか……」

考えていると、過去の私が少女に問いかけた。

「アヤメ、今日の予定は？」

それを聞いて、私は少女の名を思い出した。

「ああ、そうだ。あのお付きの少女は、アヤメという名だった。アヤメは私が幼い頃から、ずっと身の回りの世話をしてくれていた。よく気がついて、私が言葉にする前に私の言いたいことを、何でも分かってくれていた」

一度思い出せば、記憶が次から次へと蘇《よみがえ》った。

アヤメが私の女房になった時、最初は緊張した様子だったが、すぐに打ち解けたこと。それから私は、どんな時でもアヤメと一緒だった。私は彼女を、姉のように慕っていた。

弥白が無言で黙り込んでいるのに気づき、私は声をかけた。

「どうした？」

「いえ……カグヤに私以外に仲のいい友人がいたのかと思うと、少し嫉妬してしまうわ」

「何だそれは」

おかしくて笑っていると、弥白は照れくさそうに手をじたばたさせた。

「だって、カグヤの一番の友だちは私だと思っていたんだもの！」

「アヤメの優しくて細やかなところに気がつく点は、弥白に少し雰囲気が似ているな。だから、弥白のことを懐かしく思うのだろうか。アヤメは友人のようでもあり、姉のようでもあった。アヤメは私のことを、従者としてだけではなく、家族のように本当に大切にしてくれたんだ」

「しかし、月の都ってずいぶん進歩しているのね。人々がみんな羽衣で空を飛べるのもすごいけれど、ほら見て、あの乗り物。自動車とは違うけれど、空中に浮かぶことができるみたいよ」

弥白が言った通り、空に鳳輦《ほうれん》が浮かんでいた。祭りの時に使う神輿《みこし》のような装飾だが、月の民たちはその車を宙に浮かべて移動することができるようだ。

「現代の日本は科学を発達させて機械を発明しているが、この世界では神通力を使っているのだろう。だが行きつくところまで行くと、神通力も科学も判別がつかないものかもしれないいな」

「でも、月の都の風景はまるで古の日本みたいなのね」

「ああ、私もそう思っていた。月の都の民たちは、人間の世界の情景が気に入ったのだろうか」

　それに前世の私は、巫女のような力を持っていたようだ。未来を見通し、予言する力があるらしい。

「そういえば、氷雨さんがカグヤのことを巫女だとも言っていたものね」

　毎日朝になると、カグヤは未来を占う儀式をしていた。

「毎日占いをして、月の都の未来を予言するのがあなたの仕事だったのね」

　だが、自分の未来を見ることはできないようだ。

　しばらく月の都の様子を眺めていたが、弥白の表情が曇っているのに気づく。

「弥白、気分でも悪いのか？」

「いえ……少し、気になったことがあって」

「どうした？」

「気に障るかもしれないけれど……月の都の人々が、少し怖いと思って」

「怖い？　なぜ怖いと思ったんだ？　この都には、争いらしきものがない。民たちも、みな穏やかに微笑んでいるのに」

「……それが怖いの」

　弥白は少しためらった後、言葉を続けた。

「だれも、怒らないの。みんなずっと、薄《う》っすらと笑顔で。まるで、他の感情が欠落しているような……」

「言われてみればそうだな」

月の都の民は、常にみんな笑顔だった。

今様子を見渡すだけでも、数十人を超える月の民の姿が見えるが、彼らは小さな諍《いさか》いのひとつも起こしていない。

指摘されて考え出すと、まるで人形が並んでいるようで少し不気味なものを感じる。

月の民は、今の私とは別の生き物のように思えた。

今の私は、弥白が虐げられれば腹が立つし、弥白が幸せなら幸福な気持ちになる。氷雨が意味の分からないことを言うと腹が立つ。

「月の都の人々は、負の感情を持っていないのかしら」

「感情が薄いのかもしれないな」

◇◇◇

翌朝夢から覚めると、弥白は興奮したように私に向かって飛びついてきた。

「カグヤ！　私たち、夢の中で月の都にいたわよね⁉　あれは、私だけが見た夢ではないわよね？」

「ああ。ほんの少し、昔のことを思い出したな」

「素敵だったわね！　私たちの住んでいる場所とは、全然違う景色だったわ！」

私は氷雨の言葉を思い出し、呟いた。

「アヤメや他の側近たち、月の都の民はいったいどうなったのだろう……。今は氷雨があの場所を統治していると言っていた。つまり月の都のものたちはみな、命を落としたのだろうか。私も含めて、全員」

「カグヤ……」

気落ちした私の表情を見て、弥白は申し訳なさそうに眉を下げた。そして、プラスチックでできた手で私の頭を撫でた。

「ごめんなさい、無神経だったわね。カグヤからすれば月の都は生まれ故郷で、それがもうなくなっていると言われたんだもの……」

「いや、今さら考えても無駄なことだな。氷雨の話を信じるとすれば、もう千年も前のことなのだから」

「月の都に、いったいなにがあったのかしら」

考えても、まだ答えは分からなかった。

夢を見てからというもの、なにをしていても前世の記憶が気になった。

その日の昼下がり、私が弥白を抱えて屋敷をふらふらしていると、氷雨に呼び止められた。

「カグヤ、なにをしているんですか？」

「なにもしていないです」

「それでは、庭の花でも一緒に見ませんか」

断る理由もなかったので、私はそれに同意した。

庭にある池の周りには、白や紫の菖蒲の花が咲いていた。

池では赤と白の鯉が、のんびりと泳いでいる。私は池を見ながら氷雨に問いかけた。

「氷雨さん、どうすれば異能を使えるようになるのですか？」

「どうしたんですか、突然？」

「あの屏風絵を見た影響なのか、前世の夢を見るようになりました」

それを聞いた氷雨は想像した通り、嬉しそうに顔を輝かせる。

「記憶を取り戻しているということですね⁉」

「まだ、部分的にですが」

「素晴らしい。俺のことは思い出しましたか？」

「いいえ、まったく。あなたはまだ現れていませんでした」

きっぱりと言い切ったので落ち込むかと思ったが、氷雨はまったく堪えていないようだった。

「そうですか。でも、素晴らしい兆候です。早く俺のことを好きになってください」

「たとえ全部記憶を取り戻したとしても、あなたを好きにはならないと思いますよ、一生」

それを聞いた氷雨は、なにがそんなにおかしいのか、さらに嬉しそうに笑った。

「それで、異能を使いたくなったんですか？」

「はい。前世のカグヤ……さんは、光の矢を放つことができたんですよね？」

「ええ。光の矢で戦っていましたね」

「私には元々退魔の力があるはずです。その力が、また使えるようになった方がいいかと思いまして。鬼が、私のことを知っているようだったでしょう」

「たしかに身を守るために、あなた自身が退魔の力が使えれば一番ですが」

「異能を使うのに、コツのようなものはあるのですか？」

そう問うと、氷雨は難しい顔で腕を組んだ。

「異能については感覚的なものなので、言葉で説明するのは難しいんですが……ただ、想像することは大切だと思います」

「想像？」

「ええ、自分の力がどのようなものなのか。たとえばその弓は具体的にどれくらいの大きさなのか、どれくらいの力を込めて放つのか。何度も想像することで、異能が曖昧なものではなく、自分の能力として感覚がつかめるのではないかと」

「なるほど。試してみます」

そう言って私は庭から歩き出す。

「あれ、どこに行くんですか？」

「部屋に戻ります」

氷雨は薄く微笑み、私を見送った。

その後、私は自室で弓を生み出すような想像をしてみたが、そう簡単に異能が使えるようにはならなかった。

しばらく粘ったが、異能が芽生える気配すらない。

諦めた私は、不満をもらしながらベッドに倒れる。

「全然だめじゃないか。氷雨の嘘つき！」

「そう簡単に使えるようにはならないわよ」

私は頭上に立っている弥白を見上げながら言った。

「そもそも弥白の異能はどんな力だったんだ？　前世のカグヤとは違うものだったのだろう？」

「私も小さかったから、よく覚えていないの。これから訓練しようというところで、力がなくなってしまったから」

異能を使えるようになるまでの道のりは、なかなか険しそうだ。

◇◇◇

私が眠るごとに、夢の中の月の都の時間はどんどん進んでいった。

月の都の時間は現実と同じ速度で流れているわけではなく、気がつくと数日、数週間、場合によってはもっと長い年月が経過していることもあった。

私と弥白は見たい日を選んで見られるわけでもなく、それをただ傍観するだけだ。

ある日、前世のカグヤは人間の世界に降りることになった。

姫であるカグヤが下界に降りるのに反対する月の民も少なからずいて、月の都は大変な騒動になっていた。

なぜそのような事態になったかというと、カグヤの予言にそうすべきと出たかららしい。カグヤが人間の世界に降りることが、月の都にとってよい結果をもたらすという予言だった。

様々な月の民の反対もあったが、結局前世のカグヤ自身が乗り気だったことが最終的な決定に影響し、人間の世界に行くことになった。

しかも驚くことに、人間の世界に降りたカグヤは竹の中に入るほど小さな赤子の姿になり、自分の記憶をすべて失っていた。

竹の中で眠るカグヤを老夫婦が発見し、彼女を育てることになった。

やがて十年以上の時が経ち、成長したカグヤの前に、大勢の求婚者が現れた。

その求婚者の中でも、何度断っても諦めようとしなかったものたちがいる。

石作《いしつくり》の皇子《みこ》、庫持《くらもち》の皇子、右大臣阿部御主人《あべのみうし》、大納言大伴御行《おおとものみゆき》、中納言石上麻呂足《いそのかみのまろたり》という五人の貴公子たちだ。

カグヤは彼らを諦めさせるために、無理難題を出した。

石作の皇子には、仏の御石の鉢を取って来ることを。

庫持の皇子には、蓬萊《ほうらい》の珠《たま》の枝を取って来ることを。

右大臣阿倍御主人には、火鼠《ひねずみ》の皮衣《かわぎぬ》を取って来ることを。

大納言大伴御行には、竜の頸《くび》に輝く五色の珠を取って来ることを。

中納言石上麻呂足には、燕《つばめ》の子安貝を取ってくることを、それぞれ結婚の条件にした。

だがみな偽物を作ろうとして失敗したり、重い病にかかったりして、カグヤの出した難題をこなした者はひとりもいなかった。

カグヤは結局五人のうちのだれかを婚約者として選ぶことはなかった。

そして、カグヤの前に帝が現れた。

数多《あまた》の貴公子たちの求婚を断り、だれとも結婚する気のないカグヤの噂に、帝も興味を示したらしい。

帝の顔立ちは整っており、冷徹な雰囲気が漂っている。瞳は何もかもを見通し、拒絶するような鋭さを宿している。

彼らの様子を眺めていた弥白は、感心したように呟いた。

「帝って、今でいう天皇陛下でしょう？　今まで求婚した人たちも、全員位の高い人だったけれど……。帝に求婚されても、カグヤは顔色ひとつ変えないのね」

「人間の地位など、月の都で暮らしていた私からすると興味がなかったのだろう。今でもどうでもいいしな」

弥白は、何を発見したのか焦った様子で私の腕をぐいぐいと引っ張った。

「どうした？」

「ねえ、あれ氷雨さんじゃない⁉　髪の毛の色は違うけれど、顔はそっくりよ」

「たしかに……」

帝の傍らに跪いているのは、氷雨に顔立ちと背恰好がそっくりな男だった。

ただ弥白の言うように、髪の色が今のような銀色ではなく黒髪だったので、最初は気がつかなかった。

「あれが、昔の氷雨さんなのかしら……」

「本当に、この時代から生きていたのか」

「顔がよく似ている、氷雨さんの先祖という説もあるけれど」

しかし帝に「氷雨」と呼ばれているのを聞いて、やはり本人だろうかと弥白と顔を見合わせる。

氷雨は武官だったのだろうか。黒い装束を着て、懐には刀を差している。

「ねえカグヤ、あの刀って……」

「この間、応接間で話していた時に自分の首を切ったものに似ているな。同じ刀だろうか。それとも似たものを作らせたのか」

「氷雨さんは、帝の護衛なのかしら？」

疑問が次々に浮かんでくる。


『カグヤ』の姿を見て、彼女に惹かれた帝はカグヤを妻にし、宮中に連れ帰ろうとした。

しかし、やはりカグヤは彼の求婚にも応じなかった。

だがその後、カグヤはどうやら帝と文のやり取りをすることにしたようだ。

他の貴公子たちには返歌も送らないカグヤだったが、帝の文にはきちんと返事をしているようだ。移り変わる季節の草や花について、そしてその時感じたことを、互いに和歌を詠《よ》み交《か》わした。

ある程度の年月、帝と手紙のやり取りをすることにより、カグヤは人間たちに愛着を持つようになっていったようだ。

最初はただ予言で人間界に来ただけだったが、いつからか帰りたくないと考えるようになっていったのかもしれない。

弥白はカグヤの様子を見て、ぽつりと呟いた。

「かりそめの家族だとしても、おじいさんとおばあさんはカグヤのことを娘のように大切に育てたのだもの。きっと、別れることになるのは寂しかったわよね……」

◇◇◇

翌朝夢から覚めた私は、いつものように弥白と夢の内容を語ろうとした。

しかしいつもなら目を覚ましてすぐに楽し気に飛びついてくるのに、弥白はベッドの上に腰かけたままだ。こうして動かずにいると、まるで本当に人形になってしまったのではないかと不安になる。

「どうした、弥白。浮かない表情をしているな」

いや、文化人形だから、表情は正直よく分からないのだが……。

「要は大丈夫かしら……」

私はその言葉にハッとした。

自分の周囲があわただしくて、すっかり彼女の弟である要のことを忘れていた。

昨日『カグヤ』が家族と過ごしている様子を見て、弟の身が心配になったのかもしれない。……いや、弟思いの弥白のことだ。ずっと彼の身を案じていたが、私のことを気づかって、今まで言い出せなかったのだろう。

あんな強欲な叔父と叔母の家に残していったのだ。弟の身が気がかりなのは当然だ。

私は弥白の肩に手を添えて告げた。

「すぐに氷雨に話そう。あの男に借りを作るのは癪だが、そうも言っていられないだろう」

「本当⁉」

弥白は明るい笑顔になる。

「もちろん。お前の家族のことだ、私にとっても家族同然だ。要のことが心配なのは、私も同じだよ」

そう告げると、弥白はほっとしたように表情を緩めた。

「ありがとう、カグヤ」

その後、私はすぐに氷雨に話をしに行った。応接間に彼を呼び出し、互いにソファに向き合って座る。

「あなたにお願いがあるんです」

この男に頼み事をするのは、正直嫌だ。しかし弥白のためだ、仕方がない。

「弟のことが、心配なんです」

氷雨も話の内容を予想していたのか、落ち着いた様子で相槌を打った。

「ええ、俺もあなたの弟のことは気にかけていました。今は、以前と変わりなく学校へ通っているようですが」

どうやら、氷雨は要の様子を時折見ていてくれたらしい。意外にいいところがあるではないか。要が酷い目にあっていないと分かり、ひとまず安心した。

「氷雨さんが叔父と叔母に与えた金の粒は、とてもすぐには使い切れない……。それどころか、普通に暮らせば一生遊んで暮らせる金額になると思います。けれど、叔父と叔母の強欲さは底なしです。私は実際に、彼らをすぐ近くで見てきましたので。今は良くても、いずれ弟が酷い目にあうのではないかと考えると心配で」

「では、弟の要さんもこの屋敷の離れに招待しましょう。それであなたの憂鬱《ゆううつ》は消えますか？」

「本当ですか⁉」

想像以上にことが円滑に進み、私は笑みを浮かべる。

「ありがとうございます、氷雨さん。私、あなたのことを誤解していました。とても親切な人なんですね」

そう告げると、氷雨は感動したように目を細め、私の手を握る。

「嬉しい……。カグヤに好きだって言ってもらえた」

「言っていませんよ、そんなことは」

だが、氷雨は本当に嬉しそうに微笑んでいる。私が感謝を伝えるだけで、この男はこんなに喜ぶのか。そう考えると、少しくすぐったくなるような心地があった。

「安心してください。数日後には要さんがこの屋敷に来られるよう、手配します」

「はい、どうかよろしくお願いします」


約束通り、三日も経たないうちに氷雨は要の下に使いのものを送った。

そして叔父と叔母がいない間を見計らって、学校から帰宅する要を連れ出した。

要は今まで通っていた学校に続けて通えるよう、氷雨が手続きをしたそうだ。地理的に考えると、むしろ元々いた叔父の家より氷雨の屋敷の方が学校へ近いので通いやすくなった。

氷雨は姉弟水入らずで話す時間も必要だろうと言ってくれた。

部屋に要を招くと、彼は私の顔を見て駆け寄り、安心したように呟く。

「姉さん、無事だったのか」

「要こそ、元気でよかった。ずっと心配していたのよ」

そう答えたのは私ではなく――ベッドに腰かけていた文化人形だ。

要は突然話しはじめた人形を見て、ぎょっとしたように目を見開いてのけぞった。

「に、人形が喋ってる？　いったいどんなからくり？」

要は人形を持ち上げ、仕掛けを探そうと人形の腕を動かした。

「ちょっと、乱暴にしないで！　腕が取れちゃうでしょう！」

そう言って、弥白は要の手をはらいのける。あらかじめ仕掛けていたとは思えない反応と動きに、要は目を見開いた。

「私が弥白よ」

そう訴える人形を見て、要は怪訝《けげん》な表情でかたまる。

「腹話術ではないぞ。その人形の中にいるのが、弥白の魂だ」

要は警戒するように、傍らに立っている私と人形を見比べた。

「……じゃあ、あんたはだれだ？」

「私はカグヤだ」

弟である要には、自分のことを打ち明けたい。

要がこの屋敷に来る前、弥白がそう提案したので、私はそれに反対するつもりはなかった。

要のことは私も幼い頃から知っている。理知的な少年だから、事情を説明すれば納得してくれるだろうと判断した。

弥白は要を部屋にある椅子に座らせ、今日にいたるまでの出来事を、かいつまんで説明した。

「私の身体の中には、生まれつきカグヤの魂があったの。だけど先日、どういうことか、私の魂が、身体から追い出されてしまったみたいで……」

説明を聞き終えた要は、まだ納得してなさそうな顔つきだった。

「正直、すべて信じられるかというと難しいけれど……」

要は私の方を見て、睨むように視線を強くする。

「じゃあお前、姉さんの身体を乗っ取る気か？」

ベッドの上にいた弥白は、手足をバタバタしながらぴょんぴょんと飛び跳ねる。

「要、失礼なことを言うのはやめて！　カグヤは私の恩人なのよ！」

「だって、元々の肉体の持ち主の姉さんがこんな人形に入っているのはおかしいだろう！　元に戻る方法は、分からないのか!?」

言い争いをしているふたりの間に仲裁に入る。

「いや、要が不安に思うのは当然だろう。だが心配しないでくれ。私はずっと、弥白を……そして、弥白の弟である、要のことも見守ってきた。お前は私のことなど知らないだろうが、私は要のことを小生意気な弟のように思っているよ」

要は不服そうに口をとがらせる。

「小生意気は余計だ」

「とにかく、弥白の身体は必ず返すよ。どんな手を使っても」

その言葉に、ひとまずは納得してくれたようだ。

それから要は、私と弥白が同じ内容の夢を見ている話を聞き、興味を持ったようだ。

「ねえ、月の都ってどんな場所なの？」

私たちは、毎夜夢に見る月の都の様子を語った。

「ふぅん。でもそれって、本当に前世の記憶なのかな」

「え？　それは……そうだと思うけれど」

「だって結局、同じ夢を見ているだけなんだろう？　もしかしたら、全部カグヤさんの妄想なのかもしれないよ」

「失礼な！」

「物証はないの？」

弥白が苦笑する。

「そんな、探偵みたいな……」

「カグヤさんが、夢を共有する異能を持っているだけとも考えられるだろう？」

その言葉に、弥白は勢いよく挙手して証言する。

「あ、あるわ、物証！　氷雨さんに見せてもらった、金の屏風絵が証拠と言えば証拠だと思うわ。あの絵、カグヤの故郷の月の都、そのままの絵だったもの！」

「その絵を見た影響で、それらしい夢を見ている可能性もあるよ」

そう言われた私も混乱してきた。

「そうなのか？　私は、ただの夢ではないと思うが……」

人々の息遣いや、月の都を包む空気。それらを肌で感じた私たちは、とてもただの夢だと思えないのだが……。

私と弥白が頭を抱えて悩んでいるのを見て、要はおかしそうに笑った。

「冗談だよ。俺もそこまで本気で疑っているわけじゃない。姉さんとカグヤさん、ふたりともが月の都があったと言うなら、きっとその通りなんだろう。前世を別の世界で生きていた人にしか、分からない感覚もあるだろうし」

そう言ってから、要は指を組んで呟いた。

「だけどあの氷雨って男、やっぱり怪しいよ。夢を見ていることは、もう伝えない方がいいと思う」

「そうだろうか？」

氷雨がなにを考えているのか分からないのは、たしかにその通りなのだが。氷雨の根底にある『カグヤ』への気持ちだけは、偽りがないように見える。他人に怪しいと言われると、つい反発したくなった。私があまのじゃくなだけだろうか。

要はこちらを見通すような鋭い瞳を向けた。

「だって、カグヤさんは生まれ変わった今も氷雨のことが好きってわけじゃないんでしょう?」

「ああ、氷雨に特別な感情はない」

嘘ではないはずなのに、そう言った瞬間胸が少し痛む。

「それなら、現世でまで彼と結ばれる必要はないじゃないか。姉さんも巻き込まれているし。折を見て、婚約を解消したほうがいいと思うよ」

そうかもしれない、その通りだという気持ちと、やはりなぜか反発したくなる気持ちがあった。

「その夢の内容、俺にも教えてもらえる? 俺、学校で歴史の勉強もしているし……もしかしたら、助けになれることがあるかもしれない。俺も、姉さんたちの力になりたいんだ。それに純粋に月の都がどんな場所か、カグヤさんとあの男になにがあったのか、知りたいっていう好奇心もあるし」

弥白は微笑んで、その言葉に頷いた。

「分かったわ。夢が進んだら、要にも報告するわね」

それから弥白は、要に自分が家を出てからの話を聞く。

「要、ここに来るまでに、叔父さんと叔母さんにひどいことをされなかった?」

「大丈夫だよ。あの人たちはもう、俺にかまう気力もない。あの人たちは、破滅したも同然だから」

物騒な言葉に、弥白と私は身を乗り出す。

「どういうこと？」

「あの日、氷雨が渡した金、現金に換金するとやはり途方もない額になったんだ」

「そうでしょうね」

慎ましい生活をすれば、ふたりが老人になるまで生活できるほどの金額だっただろう。だが叔父も叔母も、突然舞い込んだ幸運に大喜びし、叔父は仕事をしなくなって、賭博に金をつぎ込んだ。叔母は叔母で、欲しいものを我慢せずに買うようになり、自堕落な生活を送りはじめた。

だが、当然無限に金を使えるわけではない。叔父は借金が膨らみ、首が回らなくなった。叔母が好き放題買い物をするのを見て、ふたりは醜い言い争いになった。そして家に残っていた金を奪われそうになった叔父は、叔母ともみ合いになり、弾みで階段から突き落としてしまったらしい。

その出来事を聞いた弥白は、驚きで口元を覆う。

「そんな……」

「叔父も、わざと怪我をさせるつもりはなかったんだろうけどさ。結局叔母は大怪我をして、今は入院している。使用人たちが見ていたから、叔父は警察に連れていかれて取り調べを受けている。たいした罪にはならないだろうけど、釈放されたとしても一度贅沢を知ってしまった今、もうまともに働くことはできないだろうね。賭博の借金はまだ残っているだろうし。あの家も、売り払われてしまうかも」

そこで一度言葉を切り、要はため息をついた。

「……あの人、どこまで分かって、あの時金を渡したんだろうな」

弥白が不安気な様子で問う。

「あの人って……、氷雨さんのこと？」

「ああ。叔父と叔母のことはどうでもいいんだ。破滅させてくれて、むしろ感謝している。姉さんを虐げていたこと、ずっと後悔させてやりたいと思っていた。機会があれば、きっと俺自身の手で制裁を加えていたから」

私はそれに同意した。

「けど氷雨は、こうなることを全部予想していたんじゃないかな。そう考えると、恐ろしい人だよ」

弥白は苦笑しながら告げる。

「……まさか。偶然よ」

「そうかな。少なくとも、姉さんのような優しくて甘っちょろい人に扱える男じゃないよ」

「要、そんな言い方って……」

弥白の言葉をさえぎり、要は冷たい声で言った。

「姉さん、結婚生活はどうなの？」

「結婚生活なんて、ないようなものよ。白い結婚であって、あくまで形式的なものだから。私はほとんど話したことないし」

「そうか、それがいいよ。なるべくあの男にはかかわらずに、早めに縁を切った方がいい」

「ずいぶん氷雨のことを嫌っているんだな」

私の言葉に、要はばつが悪そうに言った。

「……あの氷雨って人、俺に就職の伝手まで面倒を見るつもりらしい。俺が興味を持っていた分野の企業の上役を紹介してくれて。学校を卒業したら、自分の下で働かないかって言ってくれた」

弥白はパッと表情を明るくする。

「いい話じゃない！」

要は苦々しい表情で俯いた。

「ああ、そう思う。きっと親切でしてくれたんだ。でも、厄介払いされたんだとも思う」

「厄介払いって……」

「あの人からすると、俺は邪魔なんだよ。たとえ姉弟でも、姉さんに近づく男はすべて排除したいんだろう」

「そんな……！　いくらなんでも考えすぎよ！」

「俺はこれ以上、あの男に借りを作りたくない。ここは俺たちのいるべき場所じゃないよ。姉さん、これは脅迫と同じだよ。あの男は卑怯だ！　姉さんが逃げられないのをいいことに、姉さんの自由を奪っている！」

要の言い分は極端なところもあるが、彼が不安になる気持ちも分かる。人間の仕事については分からないので、私が口を挟めることでもないだろう。

弥白が困っているのを見て、要は申し訳なさそうに眉を寄せた。

「ごめん、足手まといの俺が言っても説得力ないよな」

「要のことを足手まといと思ったことなんて、一度もないわ」

「俺、姉さんが結婚してから気づいたんだ。俺がいるから、姉さんが無理に結婚させられたんだって」

「私がした選択よ。要のせいではないわ」

「もう数年待ってほしい。俺、働くようになったら、あんな男に頼らなくても、きちんと姉さんのことを守れるようになるから！　もちろん、こんな大きな屋敷には住めないだろうし、贅沢な暮らしはできないけど……」

弥白は要の頭を撫でるように腕を動かした。

「贅沢なんて、しなくてもいいの。私は、要が元気でいてくれたらそれでいい」

姉弟が、互いを思い合っていることは痛いほどに理解している。

「要」

彼を呼ぶと、要は静かに私を見つめる。

「すまない。私にはまだ、確かめなければいけないことがある。もう少しだけ、ここにいさせてくれ。すべてが解決したら、私も氷雨を説得し、弥白の身体が自由になるようにすると、必ず約束する」

「……ああ。分かったよ」

要はひとまず私のことを受け入れてくれたようだ。

弥白の弟に、早く姉を返してやらなければ。

四章　鬼の呼びかけ

その日の早朝、私は屋敷の裏にある木々の茂った場所で、退魔の力を訓練していた。

本来の弥白の才覚なのか、それとも私の異能なのかは分からないが、意識して異能を発揮しようとした結果、数日の訓練で私は光の矢を出せるようになった。

訓練のコツを教えてくれた氷雨には悪いが、このことは氷雨にまだ話していない。

近くの木にもたれて、私のことを眺めていた弥白は呟いた。

「氷雨さんに話せばいいのに」

「嫌だよ。この異能を見れば、氷雨は私がカグヤだと確信するだろう」

「まあ、それはそうだけど……だからこんな早朝に、だれにも見られないようにこっそり異能の訓練をしているのね」

「その通り」

私は深く呼吸を整え、指先を動かした。空気が震え、光の粒が次第に弓の形を成す。

私は少し離れた場所にある木に向かい、光の矢を放った。

光の矢は眩い軌跡を描いて木の中央に命中し、やがて光の粒になって消えた。

それを見ていた弥白は、小さな手を動かして拍手する。

「すごいわね。最初はぼんやりとしたよく分からない光の塊だったのに、今はきちんと矢の形に見えるし、標的を射貫《いぬ》く鋭さがあるみたい」

「まだまだ扱い慣れないからか、矢を放つとぐったりしてしまうけどな。一日二、三回が限度だろう」


訓練を終えて朝餉《あさげ》をとり、部屋に戻ってしばらくすると、部屋の扉をノックされた。

氷雨かと思ったが、扉を開くと珍しく要がいた。

「ねえ姉さん、一緒に遊びに行かない？」

要は学校が休みの日らしく、弥白と出かけたいと言い出した。

「遊びにって、どこへ？」

「帝都だよ！」

私はひとまず要を部屋に招き入れる。要はこの前と同じようにソファに腰かけた。

弥白は迷いながら答える。

「だけど、屋敷を出る時は必ず氷雨さんと一緒にって言われているのよ」

氷雨は普段、基本的にこの屋敷にいる。だが今日は幸か不幸か用事があったらしく、珍しくどこかに外出している。思えば私と弥白がこの屋敷に来てから、初めてのことではないか。

氷雨の言いつけを知り、要は不満気に眉をつりあげる。

「ほら、やっぱり監視されているんじゃないか！　平気だよ、ちょっと出かけるくらい。俺が姉さんとカグヤさんを守ればいいんだから！　ね、そうでしょ、カグヤさん？」

そう問いかけられ、私は要に同意した。

「まあ、そうだな。ずっと屋敷にこもっていたのでは、弥白も気が滅入るだろうし。私も帝都の景色は、弥白に見てもらいたい。すぐに帰ってくれば平気だろう」

「本当にいいのかしら……」

「帝都までは、路面電車を使えば行けるよ。叔父と叔母の家にあったお金をくすねてきたから、俺けっこうお金持ちなんだよ」

「まあ、要ったら！」

要が強くすすめてきたこともあり、私たちは帝都に向かうことになった。

路面電車に乗るのは初めてだった。電車の車体は鮮やかな赤で塗られ、舗装された道を滑るように進んで行く。

大きな窓から外の光景が見え、だんだん都会に近づいているのが分かり、心が弾んだ。

やがて帝都に到着すると、私と氷雨は弥白を案内した。

帝都は今日もたくさんの人でにぎわっていた。

弥白はどこを見ても感動した様子で瞳を輝かせている。彼女の喜ぶ様子を見ていると、連れてきてよかったと思えた。

それから私たちは、劇場に入り観劇することにした。

これなら動けない弥白も楽しめるだろうと思って入ったが、正解だった。私も演劇を見たのは初めてだったが、煌びやかな照明や舞台美術、役者たちの演技に引きこまれ、夢中になった。

劇が終わると、私たちは通りを歩きながら感想を言い合った。

「面白かったな」

私はすっかり劇の内容に満足した。

弥白も声を控えめにしつつ、興奮した様子で告げた。

「ええ、最後は感動して泣いてしまったわ！」

要も一緒にいい劇だったとひとしきり話した後、足を止めて言った。

「カグヤさん、喉が渇いたでしょう？　俺、なにか飲み物でも買ってくるよ」

「いいのか？」

「うん、そこの広場で待っていて」

特別喉が渇いていたわけでもなかったが、せっかく要がそう言ってくれたのでその提案を受け入れた。

私と弥白は近くにあったベンチに座り、要が帰って来るのを待った。

広場にはベンチが並び、新聞を広げている人や、本を読んでいる人がいる。また近くを親子連れが楽し気に散歩していた。

先ほどまでは雲ひとつない青空だったのに、要を待っている間に日差しが徐々に陰り、風を冷たく感じるようになる。

私の腕の中にいた弥白がぽつりと呟いた。

「要、遅いわね。どこまで飲み物を買いに行ったのかしら」

「そろそろ帰らないとな」

氷雨がいつまで出かけているか分からないが、帰宅する頃合いかもしれない。家を勝手に抜け出したのがバレたら、叱られるだろうか。

「要を捜しに行くか？」

私が弥白に話しかけた、その時だった。

私の腕の中にいた人形が、素早い動きのなにものかに奪い取られる。

「なっ……！」

私の腕から人形を奪い取ったのは——氷雨と帝都に来た時に遭遇した、あの鬼だった。

「お前っ……！」

この間のように私を攻撃するのかと思ったが、鬼は人形を片手に持ち、大きく跳躍する。

鬼が現れたのに気づき、周囲の人々が悲鳴をあげた。

「待て、弥白を返せ！」

私は必死に鬼を追いかけた。

鬼はそのまま近くにあった建物の頂点までのぼり、勢いをつけて屋根から屋根に飛び移る。

鬼を追いながら、私は違和感を抱いた。おかしい、なにが目的だ。鬼は決して、こちらに攻撃してこようとはしない。

「おい、なにがしたい！」

私は必死に鬼を追うが、建物の屋根を飛び回るような鬼に、普通の女の足で追いつくはずがない。

だが一定間隔進み、鬼の姿を見失いそうになると、鬼は私を振り返った。私はその背中を追う。

どこかに誘導されているのではないかとは、途中で気づいた。

だが危険だとしても、弥白を奪われたままにはしておけない。


やがて人通りの多い街の中心部からすっかり離れ、細い道に出る。

この周囲は舗装も古く、近くを歩く人間もいない。

道端には長い年月を感じさせる木々が立ち、うっそうとした緑が影を落としていた。

やがて鬼は、二階建ての木造の廃墟の窓を蹴破り、ガラスを割って建物の中に入った。

私は一瞬迷ったが、覚悟を決めてその廃墟の扉を開いた。

鍵はかかっていなかった。

廃墟の中はひんやりとした空気で、陰鬱さをまとっている。室内に足を踏み入れると、埃とカビの臭いが鼻をついた。

床板にはところどころに穴が開いている。腐ったところを踏んで足を踏み外してしまわないよう、注意して歩く。

「おい、なにがしたいんだ！　弥白を返せ！」

私は周囲を観察した。

壁はひび割れ、雨風にさらされた痕跡が残っている。光のない暗い室内を進むと、先ほど鬼が割った二階の窓から、ほんの少し太陽の光が射しているのに気づいた。

一階の部屋の端からは階段がのび、老朽化した木製の手すりが佇んでいる。

手すりは二階の廊下まで続き、その手すりの上に鬼が足を下ろし、こちらを見下ろしていた。

やはり、以前氷雨と帝都に来た時に子供を襲っていた鬼だ。

黒い着物、二本の角、青白い肌。

鬼がまだその手に弥白をぶらさげているのを見て、私は少し安心した。

「カ、カグヤ～！」

弥白が弱り切った声で私を呼ぶ。

「待っていろ、弥白！　すぐに助けに行くから！」

血のような赤い瞳で、鬼はじっと私を見下ろしている。

「どうして私をここに来させた？　なにが目的だ？」

私が問うと、鬼は低く唸《うな》るような声で言った。

「俺は羅刹《らせつ》。お前をここに呼べというのが、主《あるじ》の命令だ」

「主？　主というのは、いったいだれだ？」

「それは言えないが……覚えているか？　俺は前世で、お前と戦ったことがある。カグヤ」

私は鬼を睨みながら言った。

「私はお前のことなど覚えていない」

「そうか。まあ、どちらでもいい。俺と一緒に来てもらう」

羅刹はどうやら私をどこかに連れて行きたいらしい。だが、当然ながらそれはごめんだ。

「逃げるのなら、無理やりにでも連れて行く」

羅刹はそう言うやいなや、二階の手すりから飛び降り、こちらに襲い掛かった。

腕を伸ばし、鋭い爪で私を引き裂こうとする。

「避《よ》けて、カグヤ！」

私は弥白が叫ぶ声を聞き、反射的に身をかわした。

すんでのところで避けられたが、動きは圧倒的に羅刹のほうが速い。まともに戦って勝てる相手でないのは理解している。とにかく弥白を助け、どうにかしてここから逃げるしかない。

私の攻撃手段はひとつだけだ。あいつに光の矢が放てるか、試すしかない。

床に足をついた羅刹は、勢いをつけて高く跳躍し、また二階の手すりほどの高さに跳びあがった。

私は手に力を込め、光の矢の形を強く思い浮かべる。

すると、手の中に弓矢が現れた。

弓をかまえると、矢は三本に分かれた。私は三本の矢を、羅刹に向かっていっせいに放った。

一本の矢が、羅刹の腕に命中する。

羅刹は叫び声をあげ、手に持っていた人形を取り落とす。

私は落下する弥白を受け止めた。

「カグヤ！　すごいわ、矢が三本も！」

「ああ、だがもう今日は矢を放つことができん！　逃げるぞ！」

私は弥白をしっかりと握り、廃墟を飛び出した。

「待て、許さんぞカグヤ！」

羅刹が鬼の形相で、私たちを追いかけてくる。

私は必死に逃げたが、着物で動きにくいし、すぐに追いつかれてしまいそうだ。抱きかかえられた弥白が、弱々しい声で謝罪する。

「ごめんねカグヤ、私の身体、足が遅くて」

「いや、どんなに足が速かろうと、人間の足であいつから逃げ切るのは……」

息を切らして細い道を走っていると、大きく跳躍した羅刹が、私の正面にまわりこんだ。

せめて通りを抜ければ、人通りの多い場所に出るのに……！

「鬼ごっこはもう終わりだ」

羅刹は再び鋭い爪で、私を狙って飛びかかる。なんとか攻撃をかわすことができたが、避けた反動で私は地面に倒れてしまった。

「カグヤ、大丈夫⁉」

弥白が叫んでいるが、足を捻ったのかすぐに起き上がることができない。途中で消えてしまうかもしれないが、せめて至近距離でもう一度だけでも光の矢を放つことができれば。

私は最後の力をこめるため、俯いて羅刹が近づいてくるのを待った。

羅刹は赤い瞳でこちらを見下ろしながら、距離を詰めてくる。

「できれば、俺も手荒な真似はしたくない」

その時、鋭い刃の切っ先が羅刹に斬りかかった。刃の軌道をなぞるように、暗闇が広がっていく。

羅刹はその暗闇に触れるのを恐れるように、身を引いた。

私はその異能に見覚えがあり、ハッとして顔を上げる。

「氷雨！」

刀をかまえた氷雨が、羅刹に向かっていた。

氷雨が刀を薙ぐのと同時に、周囲の光が奪われ、時間が止まったかのように静寂に包まれる。

「遅くなってすみません、カグヤ」

氷雨の姿を見た羅刹は舌を打ち、高く跳躍し、一瞬で夜の闇に消えて行った。どうやら逃げてしまったようだ。

「カグヤ」

氷雨に名前を呼ばれた私は、ぎくりとした。

家を勝手に出るなと言われていたのに、氷雨がいない隙を見て抜け出した挙句、懸念通り羅刹に襲われてしまったのだ。きっとものすごく怒っているだろう。

私がちらりと様子をうかがうと、氷雨は心配そうに眉をひそめて問う。

「怪我は⁉　怪我はありませんか、カグヤ⁉」

「いや、別に……」

そう言って立とうとして、足がずきりと痛んだ。

「どうしたんですか⁉」

「カグヤがね、鬼からの攻撃を避けた時に足を捻ってしまったみたいなの！」

「おい、弥白！」

私は話し出した弥白を黙らせようとするが、氷雨はちっとも驚いた様子を見せない。

「それは大変だ」

氷雨は私を横抱きにして立ち上がる。

「ちょっ……！　平気だ、ひとりで歩ける！」

「歩けませんよね。おとなしく、運ばれてください」

氷雨は冷たい声でそう言って、強い瞳で私を睨んだ。

「……お、怒っているのか」

これまで氷雨が私に対して怒ったところは、一度も見たことがない。

「怒って？　いいえ……」

氷雨は私を抱き上げたまま、顔を私の首元にうずめる。

「なっ……！」

銀色の髪がさらりと流れ、ふわりと藤の花の香りがした。

氷雨の顔が突然近づき、頬が熱くなる。

「突然なにを……！」

「さっき、あなたの霊力を感じました」

私はハッとした。異能を使い光の矢を放ったから、それが氷雨に伝わったらしい。

今まではなるべく氷雨に気づかれないように力を閉ざしていたが、さすがに三本も矢を放ったからか、感知されてしまったらしい。まあ、気づかれるのは時間の問題だと思っていた。

それで氷雨は、私のことをカグヤだと確信したのだろう。

「……あなたはやはり、俺のカグヤですね」

「お前のものではない！」

「それでもいいです」

そう言って私を抱きしめる氷雨の手が、震えているのに気づく。

「……氷雨？」

「……ずっと捜していました。千年間、ずっと」

おそらく、この男の言葉は本当なのだろう。

千年間私を捜していたというのも、私のことを愛しているというのも。

「……私には、記憶がない。お前のことを、ほとんど覚えていないんだ」

私は、氷雨と同じだけの感情を返せない。私のせいではないのに、そのことが申し訳なくなる。

月の都の記憶があるままなら、私も氷雨を愛せていたのだろうか。

「いいんです。俺のことを、覚えていなくても。ただ、あなたが目の前にいるというだけで」

顔をあげた氷雨は、青い瞳にうっすらと涙を浮かべていた。それが宝石みたいで綺麗だと思う。

「……夢みたいだ。もう、二度と会えないと思っていた」

「どうしてそこまで……。他に惹かれる人はいなかったのか？」

「いるわけありませんよ。俺には生涯、あなただけです」

押し殺した声で告げる。

「……会いたかった」

私は黙って、その言葉を受け取る。

「すぐにじゃなくていい。俺のことを信じられるようになったら、正式に俺と結婚してくれますか？」

私は氷雨のことを、よく知らない。

だけど、氷雨を見ていると自然と涙が出そうになった。これは、以前のカグヤの感情だろうか。

つい、「かまわない」と言ってしまいそうになる。

この身体が弥白のものであることを思い出し、私は必死に言葉を呑み込んだ。

「愛しています、カグヤ」

◇◇◇

屋敷に戻ると氷雨は応接間のソファに私を座らせ、足の手当てをしながら話した。

要と私たちが屋敷を出てから、すぐに氷雨の下へ使用人が連絡を入れたらしい。

氷雨がいない間は私たちのことを使用人に監視させていたので、どこに向かったのかも分かるようになっていたのだと打ち明けた。

「そうか、私たちはずっと監視されていたのだな」

むっとした口調でそう言うと、氷雨は困ったように微笑んだ。

「別に、普段からずっとというわけではないんですよ？　ただ、羅刹のことが解決するまでは、危ないので念のためにしたことです」

今回は氷雨に助けられたし、結果的には良かったのだろう。

「そう言えば、要は？」

「彼は無事だったので、ひとりで先に帰宅しましたよ。もうこの屋敷にいるはずです。さすがにばつが悪いのか、部屋から出てきませんけど」

私と弥白が襲われたことを知り、責任を感じているのかもしれない。後で様子を見に行こう。

私の足に包帯を巻きながら、氷雨はソファに置かれた文化人形に話しかける。

「もう人形のふりをせず、普通に話してもいいですよ。弥白さん」

そう呼びかけられた弥白は、びっくりしてその場で跳ねた。

「気づいていたのですか⁉」

「ええ、もちろん」

まあ、さっき私が立てなかった時も弥白は焦って話していたしな。

「今までカグヤと一緒にいてくれて、ありがとうございます」

「どうして分かったんだ？　いつから気づいていた？」

「最初から、弥白さんの器にカグヤが入っているというのは、ほぼ確信していましたよ。だから俺はずっと、あなたをカグヤと呼んでいたじゃないですか。確信がなければ、さすがに弥白さんのことをカグヤと呼ぶような失礼な真似はしませんよ」

　それを聞いた私は、机に伏して髪の毛をかきむしる。

「では、今まで必死に隠していたのも全部無駄だったんじゃないか！」

　氷雨はあきれたように言う。

「必死に隠していたつもりだったんですか？　弥白さんくらいの年頃の女性が、文化人形を持ち歩いているのはあまりに不自然ですよ。それに、ひとりのはずなのに部屋から話し声が聞こえましたし」

　私はその言葉にさらに吠える。

「弥白、この男はやはり助平だ！　私たちの部屋に聞き耳を立てていたぞ！」

「聞き耳なんて立てていません。カグヤの声が大きいから、自然と聞こえただけです」

　包帯を結び終え、氷雨は上機嫌で言った。

「とにかく、これでもう我慢せずあなたに愛を伝えてもいいということですよね？」

「今までだって、我慢などまったくしていなかっただろう」

氷雨は私の手を取り、口づけて言った。

「おやすみなさい、カグヤ。良い夢を」

私は恥ずかしいやら悔しいやらで、逃げるように自室に戻った。

◇◇◇

その日の夜も、私は前世の夢を見た。

夢の中で、『カグヤ』はついに氷雨と出会った。

その頃のカグヤはやはり大勢の男性からの求婚を受けていたが、だれとも結婚するつもりはないようだった。

カグヤは孤独に見えた。

彼女は夜更けにこっそりと翁《おきな》の屋敷を抜け出し、近くにある竹林へ向かった。

ここは、カグヤがこの星に生まれ落ちた場所だ。

竹はまっすぐ天に向かって伸び、月の光を反射して青白く輝いている。風が通り抜けるたびに、細長い葉が揺れて音を立てた。

そんなカグヤに、ひとりの男が声をかけた。

「これは驚いた。カグヤ姫ではないですか。お姫様が、こんなところで遊んでいていいんですか？」

竹林から少し離れた場所には、草原が広がっている。

そこに立っていたのは、武官装束の氷雨だった。

髪は黒いが、鋭い眼差しも捉《とら》えどころのない雰囲気も今と変わらない。

カグヤは氷雨に問う。

「お前はこんなところでなにをしている？　私に求婚するつもりか？」

「いいえ、まったく。都中の男性があなたに夢中だとしても、俺はあなたになど、ちっとも興味はありませんから」

その言葉は、どうやら本心に見えた。

今までカグヤを見ればどんな男性も彼女に愛を語った。カグヤは初めてそんなことを言われ、珍しい男だと思ったようだ。

「俺は先ほどまで、刀の鍛錬をしていたんですよ」

「こんな場所でか？」

「ええ、あまり人が来ないので、ちょうどいいんです」

たしかに周囲一面に、膝丈ほどの野草が生い茂っている。他には邪魔なものがなにもないので、動きやすいのだろう。

「それで、あなたはなにを？　女性がお付きのものもつけず、ひとりでこんな時間に出歩くなんて、普通では考えられませんよ」

「それはお前たちの常識だろう。私は、お前たち人間とは違う」

そう言ったカグヤを、氷雨は物珍しい目で見つめた。

「では、あなたは人間ではないと？」

「ああ。私は、月の都から来たのだ」

氷雨は腕を組み、なにごとかを考えるように目を瞬《またた》いた。

「信じていないのだろう、どうせ」

「いいえ、あなたのような奇妙な女性には会ったことがありませんからね。まったくのでたらめではないのかもしれないと、考えていました」

そんな話をしているふたりの近くに、ぴいぴいと甲高い鳴き声をあげ、羽ばたく茶色いなにかがぼとりと落下した。

「なんだ？」

「どうやら、鳥のようですよ」

ふたりの足元に転がっていたのは、雀《すずめ》の雛だった。

カグヤはそれを両手で拾い上げる。

「まだ子供の雀か。なるほど、愛らしいな」

「怪我をしているんでしょうか。うまく飛べないようですね」

それをじっと見ていたカグヤは、あっさりと言った。

「そうか。では、殺してやるか」

その言葉に、氷雨は目を丸くする。

「今あなた、愛らしいと言いませんでしたか？」

「言ったが、だからこそ、苦しむのは気の毒だ。どうせ死ぬのなら、苦しまずに今殺してやったほうがいいだろう。このままだと他の鳥に襲われて、酷い目にあうだろう」

氷雨はカグヤの手から、そっとその雛を奪った。

「どうするつもりだ？　食べるのか？」

「食べませんよ！　俺が、手当てをします」

「手当て？」

「はい。そうすれば、再び飛べるようになるかもしれません」

「そういうものなのか？　人間のすることは、よく分からないな」

「俺からすると、あなたの方がよほど分かりませんよ」

カグヤは草原の上に腰を下ろして氷雨のことをじっと見上げた。

「お前たちは生き物が死ぬと嘆くが、私には、死というものが理解できていないんだ。なぜなら、月の民は死なないからな」

氷雨は興味を持った様子で、その言葉を繰り返す。

「月の都の民は、死なないのですか」

「ああ。月の都の民は、死なないし歳を取らないし、思い煩《わずら》うこともない。もっとも、外見の年齢は自分の意思で変えることができるがな。なろうと思えば赤子にもなれるし、老人にもなれる」

「なるほど。あなたの雰囲気が人と違うのは、そのせいですか」

素直に受け入れた氷雨に対し、カグヤは少し驚いた様子で言った。

「信じるのか？」

「まあ、それが嘘でも本当でも、どちらでもいいです。俺にはあまり関係ない話ですから」

そう言ってから、氷雨は問いかけた。彼の手の中で、雛が鳴き声をあげている。

「……不老不死というのは、幸せなのですか？」

カグヤは自信に満ちた様子で答える。

「幸せ？　ああ、もちろんだ。月の都の民はあの満月のように、欠けたところのない完璧な存在なのだから」

カグヤが見上げた先には大きな満月が浮かび、その光はカグヤを神秘的に輝かせた。月の光は強く、周りの草花もその光に包まれ、浮かび上がるように輝いている。

そんなカグヤに対し、氷雨は冷たさを感じさせる眼差しを向けた。

「そうでしょうか。永遠の不変なんて、俺には退屈に思えますけれど。俺は永遠の命なんて、絶対に欲しくありません」

「なるほど。そんな風に考える人間もいるのだな」

「俺以外には、話さないほうがいいですよ。腹黒い貴族の中には、不老不死の力が欲しくてたまらないものもいるでしょう」

そう言って、氷雨は立ち去ってしまおうとする。

カグヤは氷雨の背中に声をかけた。

「その鳥は？」

「俺が面倒を見ますから、気になるならあなたも様子を見に来ればいい。俺は、明日もここにいます」

翌日の夜更け、カグヤは昨日と同じように草原にいた。

夜はいつも、やることがない。

約束通り、しばらくすると氷雨が現れた。

「そういえば、お前の名前を知らない」

「氷雨です。昏月氷雨」

「そうか。氷雨、雛は飛べるようになったか？」

「そんなにすぐに飛べるようにはなりませんよ」

氷雨は小さな木の箱の蓋を開ける。中には和紙が敷かれ、雛が入っていた。

雛はカグヤの顔を見ると、ぴぃぴぃと騒ぐ。氷雨は雛の足に、添え木を結んでやったようだ。

それからカグヤと氷雨は、とりとめのないことを話した。

特別な内容ではないが、カグヤからすると自分に媚《こ》びへつらわない氷雨の態度は新鮮だった。

その日の晩から、カグヤは毎夜氷雨と会うようになった。

別に、待ち合わせをしたわけではない。

だが毎晩夜が更けると、ふたりは屋敷の近くで話をした。

ある晩、草原に座り、カグヤは言った。

「月の民には、感情がない」

「感情がない……？」

「ああ、そうだ。月の民はお前たち人間のように、つまらないことで心煩うことはない」

そう言ってから、カグヤは近くに咲いていた花を摘む。

「なあ、お前花冠というやつを作れるか？」

「どうしたんですか、藪《やぶ》から棒に」

「屋敷のそばに住んでいる童が作っていてな。私も欲しいと思ったのだ」

「自分で作ればいいじゃないですか」

「どうやって作ればいいのか分からん」

カグヤは摘んだ花と花を束ねようとするが、すぐにばらばらになってしまった。

氷雨はあきれたように笑った。

「あなた、なにもできないんですね」

「失礼なやつだな！　私は完璧だ！　姫なのだから！」

「姫だと完璧なんですか？」

「そうだ！」

「なんでも手に入るお姫様なのに、花冠は持っていないんですね」

氷雨は近くに咲いていた花を摘み、花冠を作り出した。

「あなたは大勢の人間から求婚されているのでしょう。帝からも」

「帝と親しいのか？」

「俺は、帝の命を守るために存在する武官ですから」

「人間は、大怪我をすれば死ぬのだろう？　死ぬと、もうこうやって話したりできなくなるのだろう？」

「そうですが……」

怪訝そうに言ってから、氷雨は花を編んでいた手を一瞬止める。

「ああ、あなたは不老不死なんでしたっけ。だから、死について理解していないのですね」

「自分の命をかけるほど、帝が大切なのか？」

氷雨は花を見つめながら黙った。

「そうです。……と言うのが、正しい答えなのでしょうが、正直なところ、分かりません」

そう言って、小さく笑う。

「こんなことを、帝の側近に聞かれたら俺は殺されますね」

それから、目を細めて言った。

「だけど、帝のことを大切に思っている気持ちは本当にありますよ。主君というだけでなく、帝は俺の恩人ですから」

「恩人？　それは、どういう……」

そうたずねたカグヤの頭に、氷雨は花冠を被せた。

「ほら、できましたよ」

カグヤはそれをすぐに手に取り、瞳を輝かせて花冠を見つめる。

「おお、上手じゃないか！」

「昔、妹に作ったことがありますから」

「氷雨には妹がいるのか」

「今は、もういません」

その言葉の意味が分からず、カグヤは不思議そうな顔をした。

次々に変わるカグヤの表情を見て、氷雨は少しさみしそうに微笑んだ。

「煩うことがない、ね。俺はあなたに感情がないなんて、ちっとも思えませんけど」

「たしかに……。月の都にいた頃のことはよく覚えていないが、以前の私とは、なにかが違う気がする。それに私は、氷雨といるのは楽しいと思う」

カグヤと氷雨を見ていた私は、不思議な心地だと思う。

私の知らない氷雨を、過去の私はたくさん知っている。

いや、私が知っている氷雨なんて、そもそも少ししかいない。まだ出会って十日程しか経っていないのだから。

この頃の『カグヤ』の方が、よほど氷雨を知っているかもしれない。

そう思うとどちらも自分のはずなのに、悔しさのような感情がこみあげてくる。


それから満月だった月が、新月に変わるくらいの日数が経った。

手当てをしていた雀の雛は、すっかり具合がよくなった。また飛べるようになり、カグヤと氷雨の周囲を羽ばたいて、ぴいぴいと声をあげる。

「おお、本当に飛べるようになった。強いのだな」

カグヤは雀の雛を手のひらに乗せた。とはいえまだ完治したわけではないようで、ある程度羽ばたくと、ぼとりと下に落ちてしまう。

「もう数日すれば、もっと上手に飛べるようになるかもしれませんね」

その言葉を聞き、カグヤは目を細め、心から嬉しそうに微笑んだ。

幕間　氷雨と帝

俺はその日、帝が住まう内裏に呼び出された。

理由は分かっている。カグヤのことだろう。

「氷雨。お前、カグヤとずいぶん親しくしているようだな」

俺はその言葉にどう答えていいか迷い、頭を下げたまま言った。

「いえ、翁の屋敷の近くを通りがかったことがあるだけです」

帝は納得していない様子で質問を重ねる。

「お前も彼女を愛しているのか？」

「そんなまさか。ただの戯《たわむ》れです」


帝は、俺とカグヤが隠れて会っているのに気づいている。

カグヤは俺の主君である帝が愛している女性だ。帝を裏切るわけにはいかない。

隠れて彼女に会うのは、いいかげんやめなくてはいけない。

最初彼女に対して、「興味がない」と言ったのは本心だった。

だが、いつの間にかカグヤに惹かれている自分に気が付いた。

もう彼女と会うのはやめよう。何度もそう考えながらも、カグヤに言い出せずにいた。

顔を見れば、彼女に会えば、再び会いたくなってしまう。

いっそ彼女の手を取り、帝も他の貴族もだれも知らない場所へ、ふたりだけで逃げてしまえたら。

そんな愚かな考えを抱きそうになる。

——今ならまだ引き返せる。

自分に言い聞かせるようにそう呟き、目蓋を閉じた。

カグヤのことは、諦めなければ。

五章　月からの使者

『カグヤ』の夢は、まだ続いていた。

いつものように夜も更けた頃、屋敷の近くで氷雨と待ち合わせたカグヤは言った。

「暇なら、少し付き合ってくれないか。行きたい場所がある」

「行きたい場所とは？」

「もう少し、人間のことを教えてくれ」

翁の屋敷のそばに、小さな池があった。広さはのんびり歩いてもすぐに一周できるほどの大きさだ。

岸辺には様々な花が咲いていて、薄桃色と白色の花が優雅な姿を水面に浮かべている。

カグヤは池に浮かべてあった小舟に飛び乗った。舟は木でできており、長年使われているせいか様々なところがすり減っている。

「これに乗ってみたかったのだ。爺やに頼んだことがあるが、危ないから乗ってはいけないと言われてな。ほら、これを使って漕ぐのだろう？」

そう言って、カグヤは櫂《かい》を手で叩く。

「人使いが荒いですね」

氷雨が櫂を漕ぎだした。氷雨が櫂を動かす度、池の静寂にやわらかな波紋が広がっていく。舟は葉の間を縫うように進む。

ゆらゆらと舟が揺れる感覚に、カグヤは笑みを漏らした。

「月の都の記憶はあまりないが、こんなに楽しい乗り物に乗ったのはきっと初めてだ」

花に顔を近づけると、甘く瑞々《みずみず》しい香りが漂う。頬を撫でる夜風が冷たくて心地いい。

池の水は透き通っていて、底の方に緑色の水草がゆったりと漂っているのが見えた。

この場所だけ、時間の流れが止まっているかのように平穏と静寂に包まれていた。

櫂を漕ぐ手を止めて、池を見つめながら氷雨は言った。

「月の都に暮らしているあなたからすると、人間の世界はずいぶん稚拙に見えるのではないですか？　月の都には様々な技術があるのでしょう？」

「そうだな。月の都は、たしかにこの星より進歩している。……あまり覚えていないけどな」

「覚えていないんですか？」

「ああ。この場所に生まれ落ちた時、ほとんどの記憶を失ったのだ。ただ……」

私は空からこちらを見下ろす淡い月を見上げて言う。

「きっと、近いうちに迎えが来る」

その言葉に氷雨は息を詰めた。

「迎えって……。それでは、あなたは月に帰るのですか？」

「ああ。月の民は、羽衣を纏っている。あの羽衣には、ふたつの力がある。ひとつは、空を舞う力。そして、もうひとつは心煩うことをなくす力。私はいずれ羽衣を纏い、また月へ帰るだろう」

そう言葉にすると、ずきりと胸が痛んだ。

氷雨と別れたくない。そう考えている自分に驚いた。

「だがこの世界には、月の都にはないものもたくさんあると思うよ。現に月の都には、私たち月の民以外の生物は存在しないからな。こんな風に、鳥が羽ばたく様を見たり、虫の鳴き声に耳を傾けたりすることなどなかった」

私は氷雨を見つめて言った。

「なあ、お前たち人間は、どうやって夫婦《めおと》になるのだ？」

「なんですか、藪から棒に」

「爺やは私に早く嫁いで夫婦になれ、夫婦になれと言う。それが女の幸せだと。だが、私にはよく分からないのだ」

「身分にもよりますが……そうですね。一般的な流れだと、高貴な身分の女性なら、まずは女性の親や周囲の侍女たちが噂を流します」

「噂？」

「はい。とても美しい人だとか、歌を詠むのがうまいとか、教養があるとか。それを聞いた男性は、女性の姿を垣間見《かいまみ》るのです」

「あまりに遠回りすぎないか？」

「そうですね。ですが、身分の高い女性は顔を見せてはいけない決まりなので……」

「ですから、あなたのように好き勝手に表を歩きまわる女性は珍しいですよ。そうとうな奇人だと思われています」

氷雨はため息をついて言った。

「私は人間ではないからな。まあでも一応、爺やの前では貴公子が屋敷に来た時、他の姫のようにきちんと顔を隠しているぞ。それが決まりらしいからな。それで、それから？　噂を聞いて、その姫を気に入った男はどうする？」

「男性は、女性に求婚の和歌を送ります。男性の歌を良いと思えば、女性は返歌を送ります。そのやり取りを何度か繰り返します」

「まどろっこしい……」

「なので歌を詠むのが下手な男性はモテません」

私は眉を寄せた。そんな短い歌を何度か見ただけで、人となりが分かるものだろうか。

「そして、何度かやり取りが続いたら、女性の家に通い……」

そこで氷雨はなにかをごまかすように咳払いをした。

「まあ色々あって、無事に三日彼女の家に通って餅《もち》を食べたら、結婚が成立します」

「ふぅーん。人間って、おかしな生き物だな」

「まあ国によっても風習は違うでしょうからね。月から来たあなたが受け入れられないのは当然かもしれません」

「それで、氷雨には何人妻がいるんだ？」

「いや、俺にはひとりもいませんが……」

「そうなのか？　だが、貴族は何人も妻がいるのだろう」

「俺は貴族じゃありませんから」

「私は、もし結婚するなら私だけを好きになってほしいと思うがな。他の女のところに通うなんて、受け入れられるだろうか」

「貴族には何人も妻がいることがありますが、実際はうまくいく場合ばかりではありませんよ。夫の側妻を恨んで、呪術をかける女性の話も時折耳にしますからね。それに、あなたに求婚する貴族たちは、みんなあなただけを妻にするのではないですか？　あなたに夢中みたいですから」

他の人間のことなど、どうでもいい。私は氷雨の気持ちが知りたいのに。

そう考え、自分で怪訝に思う。どうして私は、氷雨のことが知りたいのだろうか。

「氷雨は帝に仕える前は、なにをしていたんだ？」

「そうですね……」

氷雨は寂し気に微笑んで話す。

「俺は幼い頃、両親を戦で亡くしました。数年は、まともに暮らすこともできず、食べ物を盗んで生きていました」

その言葉にハッとした。

氷雨はこの間、「妹がいた」と過去のことを話すように言った。つまり、彼の妹も両親も、もう死んでしまったということだろう。

私は翁と媼《おうな》が死んでしまうことを想像する。彼らはこの星での育ての親で、当然私の本当の親ではない。だが、そうだとしても、とても悲しい気持ちになるだろう。

「それからしばらくして、ある時帝がなにかの宴で用意していた食べ物を盗もうとしたんです。当然とらえられて、本来なら殺されるところだったんですが、その様子を見ていた帝に腕が立つことを買われ、帝の武官としてここで暮らすことになりました。ですから、帝は俺の命の恩人なんです」

「そうか……」

氷雨はしんみりとした空気を変えるように、わざと明るい声音で言った。

「なんだか暗い話になってしまいましたね。もう遅いですし、そろそろ帰りましょうか」

だが、氷雨は櫂を動かそうとはせず池を眺めている。

「……こうやって、ふたりで会うのはもうやめた方がいいかもしれませんね」

私はその言葉に身を乗り出す。

「どうしてだ!?」

「あなたとこうして会っているところを他の人たちに見つかったら、騒ぎになります」

まるで冷水を浴びせられたかのように、その言葉は冷たく深々と私の心に刺さった。今までこんな気持ちになったことはなかった。こんな風に、悲しい気持ちになったことは。

私は小舟の上で勢いよく立ち上がり、氷雨の装束をつかんで問い詰める。

「私は毎夜、氷雨と会って話すことを楽しみにしている。他のだれかではなく、お前と会って話したかったのだ！　だが、氷雨はそうではないのか!?　もう、私と会えなくなってもいいのか！」

「ちょっ、いきなり立ったら危な……！」

どうやら小舟というのは、すぐに転覆してしまうもののようだ。

私が立ち上がった勢いで小さな舟は横倒しになり、私と氷雨はそのまま池の中に落ちてしまった。

池の底は緑色に濁っていて、蓮の葉や茎に足を取られる。

泳ぐことができない私は驚いて水を飲み、必死にもがくことしかできない。水をふくんだ着物が重く、思うように身動きが取れない。

「カグヤッ……！」

氷雨が、暴れている私の身体を強く抱きしめる。私は必死に氷雨の身体にしがみついた。水の中に落ちるのが、これほどおそろしいとは知らなかった。

「カグヤ、落ち着いてください！」

「だ、だが……！」

このままでは、死んでしまう。いや、私は不死だから死なないかもしれないが、氷雨は池で溺れたら死んでしまう。もし氷雨が死んだら、私は……！

「この池、ものすごく浅いですから！」

「え……」

その言葉を聞き、私は氷雨にしがみついたまま、そっと足をつけてみる。

すると彼の言葉通り、川は私の腰ほどの深さしかなかった。

ふたりで池に立ち、しばらく黙り込む。

それからさっきまであれほど必死だった自分がおかしくなり、ふたりで声をあげて笑った。

私たちは重い着物を引きずりながら、池の縁まで歩いた。

氷雨は装束を絞りながら歩き、あきれたように言った。

「やれやれ、ひどい有様ですね。本当に、あなたといると予想外のことばかり起きます」

こうして迷惑ばかりかけるから、氷雨はもう私と会いたくないと言うのだろうか。

私は氷雨の顔を見る勇気がなく、肩を落としてうつむきながら彼の後ろを歩いていた。

氷雨が私の方へ振り返る気配がする。

「……カグヤ。また明日」

その言葉に、私はパッと顔を上げる。

氷雨は優しく微笑んでいた。

氷雨の笑った顔が好きだ。いつもは冷たく、つまらなそうにしている目が、やわらかく細められるのが好きだ。

私をからかうように笑う時もあるけれど、優しい表情の方がいい。

彼の笑顔を見ると、陽だまりの中にいるように心が温かくなった。氷雨の笑顔は、いつも私をそんな気持ちにさせる。

私は彼につられて笑みを浮かべた。

「ああ、また明日！」

他のだれかが笑っても、こんな気持ちにはならない。

――私にとって、氷雨が。

この世界で氷雨ただひとりだけが、特別なのだ。

◇◇◇

眠りの中で夢を見ながら私は、月の都にいた当時の『私』と意識が混ざり合っているのを感じた。

これまでは『月の都にいた時のカグヤ』と『弥白の器の中にいる私』は別の存在で、

遠くからその光景を見ているような感覚だったのに。

さっきの夢の中で、私は『月の都にいた時のカグヤ』そのものだった。

彼女が触れるものの感触も、咲いている花の匂いも、頬に触れる涼しい風も、カグヤの気持ちも、すべて共有していた。

あのカグヤも、今の私も、どちらも私なのだ。

そう考えながら、私はまた月の記憶を思い出していた。

◇◇◇

氷雨と舟に乗り、池に落ちてから数日が経った。

その間に、新月だった月は三日月になり、徐々に満月に近づいていく。私は翁の屋敷で、姿を変えていく月を眺めていた。

その日の夜更け、いつものように私は氷雨を待った。

草原に姿を現した氷雨に、私は顔をほころばせる。

だが、氷雨はいつものように微笑んでくれなかった。

なにか、様子がおかしい。

「氷雨？」

私が問うと、彼は私の顔を見ずに告げた。

「妻を迎えることになりました」

突然告げられた言葉が理解できず、私は凍り付いた。

「どういうことだ？　愛しい女性がいたのか？　そんな話、今まで一度も……」

氷雨は切り捨てるように、冷淡な声で言う。

「あなたに話す必要などないでしょう。あなたとは、ただここで何度か話しただけなのですから」

目の前が絶望で真っ暗になったようだった。

たしかに私は氷雨のことをなにも知らない。普段、どんな風に過ごしているのか。どんな生活をしているのか。好きな食べ物や、好みの女性がどんな風かも知らない。

ここに来た時、ほんの少し交わした言葉だけが、私の知っている氷雨のすべてだ。

だがたとえ僅かな時間だったとしても、そのすべてが私にとって大切な思い出だった。

瞳に涙が滲む。

私が涙を流しているのに気づき、氷雨は一瞬顔を歪めた。

「カグヤ……」

私はこちらに歩み寄ろうとする氷雨の手を振り払った。

「……なかった」

そう話す合間にも、涙が流れて止まらない。

「こんな気持ちになるなら、心など必要なかった！」

私は踵を返し、翁の屋敷に飛び込んだ。

屋敷に戻っても、氷雨の顔が頭から離れない。

今さら、私は氷雨を愛していたのだと気が付いた。

——知りたくなかった。

こんな気持ちになるのなら、愛など一生知らないままの方がよかった。


それから、いくつ夜が過ぎただろう。

私は外に出ることをやめ、屋敷に籠り続けた。

私の様子がおかしいのに気づき、翁や媼が心配して、何度も声をかけた。だが私の心は一向に明るくはならなかった。

夜更け、竹林へ向かえば氷雨が待っているような気がした。

そんな思いに駆られ、一度真夜中に竹林へ走ったことがある。

……だが、氷雨は私を待っていなかった。

当たり前だ。氷雨は他の女と結婚するのだから。もう二度と、ここへは来ない。

私はその場にうずくまり、また涙をこぼした。


その翌日のことだった。

再び、月が満ちようとする頃。

屋敷の窓から月を眺めていた私は、天から羽衣をつけた少女が舞い降りてくるのに気づく。

私は驚いて屋敷の外に飛び出した。

見覚えのある少女だと思ったが——天から舞い降りたのは、私の女房をしていたアヤメだった。

「カグヤ様！」

「アヤメ……！　お前、どうしてこんなところに⁉」

アヤメは私を案ずるように抱きしめた。

「ああよかった、無事だったのですね」

「まさか、月の都から降りて来たのか⁉」

「そうです。カグヤ様が、約束の日を過ぎても、いつまで経っても帰って来ないから私が迎えに来たのです！　いったいどうしたと言うのですか⁉」

その頃にはもう、私は月の都より、人間の世界に愛着が湧くようになっていた。

ここには翁も媼もいるし、なにより氷雨がいる。

「アヤメ。私はきっと、もう月の都には帰らない」

その言葉を聞いたアヤメは驚愕した。

「どういうことですか⁉」

「ここにいたい理由ができたのだ」

「カグヤ様、どうしてこんな場所にいたがるのですか？　月の都より、ずっと劣っているではないですか！　人間たちは、空を飛ぶこともできません！」

アヤメは信じられないというように頭を振る。

「それに、醜い争いばかり！　私はカグヤ様が人間の世界に降りてから、しばらく人間たちを見ていたのです。人間たちは領地や資源を奪い合い、人間同士で傷つけ合い、命を奪っています。もともと寿命が短く数十年しか生きられないのに、なんと愚かな生き物なのでしょう！　争いのない美しく平和な月の都より、こんな場所にいたいと言うのですか⁉」

「たしかに、アヤメの言う通りかもしれない。人間には、愚かなところもたくさんある。私も最初は、月の民が一番優れている、あの場所に欠けているものなど存在しないと思っていたよ」

「そうでしょう⁉　だったら一緒に帰りましょう、カグヤ様！」

「だが、ここには月の都にはないものもたくさんある」

「なにがあると言うのですか⁉」

「アヤメ、お前もきっとそうだ」

そう告げられたアヤメは、困惑したように眉を寄せる。

「月の民は、これまで思い煩うことなどなかった。だが、私の一番近くにいるお前も私に感化されたのか、感情を持ちつつある。そうだろう？」

「感情……？」

アヤメは自分の胸に手を当てる。

「以前のお前なら、そんな風に焦ることもなかった。常に笑顔を絶やさず、惑わされることもなかった」

心当たりがあったのか、アヤメはその言葉に青ざめた。

大きな感情の揺らぎがない月の民からすれば、自分たちが人間のように嘆いたり心煩うようになるのは、最初は恐ろしいことだろう。

「私もこの場所で、色々な感情を知った。楽しいこと。悲しいこと。腹がたつこと……そして、だれかを愛すること」

アヤメは信じられないというように、目を見開いた。

「愛……？　まさかカグヤ様は、人間を愛しているのですか？」

「ああ。月の都の民は、こんな風にだれかに恋焦がれることもないだろう。人を愛するのは、楽しいことばかりではないからな。相手の気持ちが分からずに思い悩んだり、落ち込んだり、悲しんだり、恨んだりすることもある。月の民たちは、知らない感情だ」

「そんな感情、知らない方がいいじゃないですか！」

アヤメは声を震わせながら告げる。

「カグヤ様、その人間を殺してください。その人間が、あなたが月の都へ帰る邪魔をしているのでしょう？」

アヤメの瞳は本気だった。彼女の瞳は冷たい怒りで満ちている。

「……それはできない」

氷雨に愛されないのは、この身が引き裂かれるほどに苦しい。だが、氷雨の存在がなくなってしまうほうが、それよりさらに苦しいだろう。

　私が断ると、アヤメは首を激しく横に振る。

「いやです！　私たち、ずっと一緒だったじゃないですか。私より、人間の方が大事なんですか⁉」

「私はアヤメのことももちろん大切だよ。だが……」

　アヤメはその言葉をさえぎった。

「カグヤ様を、人間なんかに渡しません！」

　そう言って、アヤメは私に羽衣を着せる。

「アヤメ……！」

　羽衣はダメだ！　これをつけると、大切なことを忘れてしまう。

　拒絶しようとしたが、抵抗する暇もなく、頭が真っ白になった。

　視界がぼやけ、今まで自分がここでなにをしていたのか、なにを話していたのか、思い出せなくなる。

　忘れてしまう。大切なことを。

　氷雨の言葉を。表情を。手の温もりを。

　倒れそうになった私の身体を、アヤメが支えた。

アヤメは私の頬を手で包み、幼子に言い聞かせるように言葉を流し込んだ。

「いいですか、カグヤ様。人間は、私たちの敵です」

「私たちの、敵……？」

「そうです。人間なんて、あなたには必要ありません。すべて、滅ぼしましょう。月の都は完璧なんです。やはり、最初からあなたはこんな場所に来るべきではなかったのです」

私はそうだろうか、と疑問に思う。

だがその考えすら、やがて霧にまぎれたように消えてゆく。

「終わらせましょう、すべて」

私はアヤメに言葉に頷く。

そして、手のひらから光る弓矢を生み出した。

幕間　氷雨の決意

――カグヤへの気持ちを断ち切ろう。

そう考え、俺はある日の夜更け、彼女に嘘を告げることにした。

草原に姿を現した俺に対し、カグヤは顔をほころばせる。彼女の笑顔に鼓動が速くなる。いつものように笑い返せたら、どんなにいいか。

カグヤを避けるように俯いている俺を不審に思ったのか、彼女は不安そうに俺の名を呼んだ。

「氷雨？」

俺は、彼女の顔を見ずに告げた。

「妻を迎えることになりました」

すぐには信じないだろうと思った。そんな兆候は一切なかったから。だが、カグヤはその言葉を簡単に信じた。

「どういうことだ？　愛しい女性がいたのか？　そんな話、今まで一度も……」

「あなたに話す必要などないでしょう。あなたとは、ただここで何度か話しただけなのですから」

これでいい。

帝を裏切り続けるわけにはいかない。カグヤは、帝の妻になるのが一番いい。

俺のような、なにも持たない、貴族でもない、いくらでも代わりの利く武官と結ばれることなど、ありえない。

そう固く決意したはずなのに、カグヤが涙を流しているのに気づいた途端、あっさりと心が揺らいだ。

「カグヤ……」

彼女を抱きしめたいと思った。

だが、カグヤは伸ばした俺の手を振り払う。

「こんな気持ちになるなら、心など必要なかった！」

そう叫び、カグヤは俺から離れていく。

これでよかった。

何度そう自分に言い聞かせても、本当にそうだろうかという迷いは、絶えず心を苛んだ。

それから数日後、カグヤとよく会っていた竹林へ向かった。

満ちていく月を見上げる。彼女もまた、この月を見ているのだろうか。

彼女が俺に会いに来ることはなかった。

俺のことを忘れてくれたのなら、それでいいと思う。

だが、帝は俺に予想外のことを告げた。

ここ数日、髪の長い女性が御所の周囲で光る矢を向け、人間に襲いかかっているのだと。そのせいで、怪我をしている人間が出ていると。

「それがまさか、カグヤだというのですか？　まさか、そんなはずは……」

帝はその言葉を肯定する。

「必要とあらば、討たなくてはいけない」

カグヤがそんなことをするわけがない。動揺している俺に、帝は押し殺した声で言った。

「信じられないのなら、実際に見てみればよい」

帝の言葉を聞いた俺は、たまらずにカグヤの姿を探した。

話通り、灯りのない夜闇の御所の周囲でひとりだけ光を浴びたように立っている、カグヤの姿を見つけた。あれほど美しい女性は、他にいない。

別人ではない。たしかにそれは、カグヤだった。

長い黒髪、白い肌、藤色の十二単。今まで見たことがない、羽衣を纏っているのが気にかかった。

カグヤの様子は、明らかに普段とは違った。

瞳は虚《うつ》ろで、いつものように美しい輝きを宿していなかった。

「……カグヤ？」

俺が声をかけるが、その声に特別な反応は示さない。

ただ、そこに俺という〝人間〟がいることは認識したようだ。

だれかに操られているかのように、カグヤの手から、こちらに向かって光を帯びた弓が放たれる。

「……っ！　どうしたんですか、カグヤ！」

俺はすんでのところでその弓を避けたが、あと少しでもずれていれば身体を射抜かれていただろう。

俺への憎しみで攻撃した、というわけでもなさそうだ。

だが彼女は本気で人間を殺そうと弓を放っている。

そのことに気づき、俺は青ざめた。

俺が知らない間に、なにかが起こっている。

「人間は、私たちの敵だ……。滅ぼさなくてはいけない」

そう呟いたかと思うと、彼女は再び異能で生み出した光の弓を放つ。

「待ってください、あなたと戦いたくありません！」

彼女を傷つけるわけにもいかず、俺は引き下がることしかできなかった。


帝の下へ戻った俺は、先ほどの出来事を報告した。

「どうしてこのような事態になっているか、見当はつくか？」

俺は頭を横に振った。

「分かりません。いったい、なぜこんなことに……」

いつものカグヤなら、こんな風に人間を攻撃するとは思えない。まるで別人のようだ。

瞳が虚ろで、心をなくしたような……。

そこまで考え、俺は息をのんだ。

「……もしかして、あの羽衣のせいでは」

「羽衣？」

帝は笏《しゃく》を口元に当てて問う。

「そう言えば、以前はあのような羽衣は纏っていなかったな」

「彼女が話していました。月の民は、羽衣を纏っている。あの羽衣には、ふたつの力がある。ひとつは、空を舞う力」

俺は手を握りしめ、言った。

「そして、もうひとつは心煩うことをなくす力」

「煩うことがなくなる……？　つまり、感情を失っているということか？」

「はい。もしかしたら、これまでの記憶も失っているかもしれません」

帝はある程度納得したように頷いた。

「そうか。ならば今のカグヤは、これまでのカグヤとは別人だと思った方がいい」

「はい」

「私はこの国を守らなくてはいけない」

俺はその言葉に深く頷いた。

「……はい」

「たとえ彼女が相手でも、必要となればカグヤを討つ」

正しい選択だ。幸いまだ死人は出ていないが、このままでは時間の問題だろう。

帝は俺の顎に笏を当て、上を向かせた。

「お前がカグヤを討て、氷雨」

俺はその命令に、返事をすることができなかった。

今までどんな命令であっても、帝の言葉なら従ってきた。帝は、俺に存在する意味を与えてくれた恩人だ。彼への忠義に偽りはない。

——だがカグヤを殺せという命令だけは、どうしても従えそうになかった。


俺はその日の夜、過去のことを思い返していた。

俺は戦で、家族を全員失った。

それからの俺は、生き抜くので必死だった。守ってくれる人間など、だれもいない。

生きていくためなら、どんなことでもした。

食べ物を盗んだ。俺のことを殺そうとした、見知らぬ男の命を奪った。

生きれば生きるほど、この手は血で汚れていった。どうして俺は、そんなに必死なのだろう。

ある日俺は、豪勢な食事が並んでいる場所を発見した。

どこのだれだか知らないが、たいそう偉いやつが用意した食べ物だろう。少しくらい盗んでも、罰は当たらないはずだ。

それは帝が宴のために用意した食事で、大勢の武官に囲まれた俺はあっさりととらえられた。

……俺はここで死ぬのか。

諦めに似た感情を抱いた。

隠し持っていた刃の欠片《かけら》で、せめて殺される前に一矢報いるつもりだった。

獣のような目をした俺に対し、帝は面白そうに告げた。

「お前、歳は十二、三か。ずいぶん腕が立つな。鍛えれば、もっと良い兵になるかもしれない」

そう言った帝は、俺とさほど変わらない歳だった。

「命をかけて、私のことを守るんだ。できるか？」

俺はその言葉に、自然と頷いていた。

——帝に出会ったその日、俺の命に意味ができた。

◇◇◇

カグヤの命を奪えという命令をくだされてから、俺はカグヤの姿を探した。

自分なりに、覚悟を決めたつもりだった。

カグヤは、建物の屋根の上に乗り、俺の姿を認めると同時に弓を構えた。

「……カグヤ。俺のことを、忘れてしまったのですか」

やはり俺の言葉は、カグヤに響いていないようだ。

俺は、後ろ手に木の箱を隠し持っていた。

カグヤが弓を放とうとするその直前に、箱を開く。

すると中から、雀の雛が飛び出した。手当てをして飛べるようになった、あの小鳥だった。

まるでカグヤに呼び掛けてでもいるように、雛は彼女の顔の周りを飛びまわる。カグヤは、雀の雛を振り払おうとした。

「なんだ、この鳥は……！」

雛の鳴き声に記憶が揺り動かされたのか、一瞬だけ彼女の瞳に迷いが浮かぶ。

そして彼女は足を滑らせ、屋根から転落する。

「しまっ……！」

俺は少し離れた場所に立っていたカグヤに向かい、駆け出した。

小鳥に気を取られていたカグヤは、俺が近づいたのに気づき眉根を寄せる。

俺はカグヤと戦うつもりはなかった。


カグヤを抱き留め、彼女に口づけた。


「なっ……！」

そして、彼女が纏っていた羽衣をはぎ取った。

その瞬間、カグヤの瞳に光が戻って来る。

「ひさ、め……？」

「俺のことを、思い出しましたか？」

「ああ、思い……」

途中まで言いかけて、カグヤは顔を赤くして自分の唇に触れる。

「今、お前、私に……！」

「人間はどうやって愛を伝えるのかと、聞いていたでしょう」

俺は彼女を抱きすくめて言った。

「私はあなたを愛しています」

「……お前、妻を迎えると言っていたじゃないか！」

「嘘ですよ。あなたを諦めるためについた嘘です」

「どうして、そんな嘘を……！」

「愛してはいけない人だと思っていたんです。だけど、もう無理だと分かったので」

たとえ帝が愛している女性だとしても、彼女の命を奪う命令がくだったとしても、どんな状況だとしても、カグヤを愛することは止められそうにない。

彼女を抱く手に、力を込めて言った。

「人間じゃなくてもいい。月に住んでいてもいい。俺の敵でもいいです。なんだっていい。あなたが、俺のことを忘れてしまうくらいなら」

「氷雨……」

俺は、祈るように告げた。

「カグヤ、愛しています。あなたのことを、だれよりも」

その言葉に、彼女の藤色の瞳から涙があふれる。

「カグヤ様！」

そう叫びながら、見たことのない少女が現れた。

「アヤメ」

彼女もカグヤと同じように、羽衣を纏っているので月の都の民だろうか。

俺はカグヤを庇うように、少女の前に立ちはだかった。

カグヤが記憶を失った原因は、おそらくこの少女だろう。

「カグヤは、渡しません。だれにも」

そう告げた俺に対し、アヤメという少女は隠すことのない強い敵意を向けた。

「すまない、アヤメ。お前のことも大切に思っている。だが、私は氷雨と一緒にいたい！」

カグヤの記憶が戻っていることに気づき、アヤメは狼狽《うろた》えた。

「カグヤ様の羽衣は……」

「羽衣は、しばらく俺が預かっておきます」

アヤメは悔しそうに歯を食いしばった。

「カグヤは、月に帰ってもかまいません」

その言葉が予想外だったのか、カグヤが驚いて俺の装束をつかむ。

「そんな……！　どうしてそんなことを……！」

俺はカグヤの手を握り、微笑んだ。

「俺があなたと一緒に行きます」

アヤメはいぶかしむように、俺に問う。

「……お前が月の都に来るというのか？」

「はい」

その言葉は彼女たちを納得させるための、一時の誤魔化しや偽りではなかった。

俺は、本当にカグヤとともに月の都に向かうつもりだった。

アヤメが怒りを含んだ声で叫ぶ。

「馬鹿なことを！　人間が、月の都で暮らせるわけがない！」

「前例がなくても、ためしてみる価値はあるでしょう？　他にはなにもいりません。俺にはただカグヤだけが、そばにいてくれればかまわない」

その言葉は、紛れもない本心だった。

六章　目覚め

目を覚ました時、私は涙を流していた。

前世の『カグヤ』の記憶は、もはや私の記憶そのものだった。

過去の記憶を、氷雨に対する自分の気持ちを、思い出した。


隣にいた弥白が、私の心を見透かすように私の頬に手を当て、涙を拭う。

「カグヤは、氷雨さんのことを愛していたのね」

「そんなことは、ない……」

照れ隠しにそう言っても、いつものように強く否定することはできなかった。もはや誤魔化しようのない事実だった。

カグヤは、たしかに氷雨のことを愛していた。

「あなたの視線は、ずっと彼を追っていたわ」

弥白の言う通りだった。

過去の私の視線を追えば、カグヤが氷雨に惹かれているのは明らかだった。

カグヤの視線の先には、いつも氷雨がいた。

「貴公子の五人や帝に求婚されたけれど、結局カグヤは氷雨さんを選んだのね」

「……ああ。彼らのことを、嫌っていたわけではない。だが、特別な感情は抱いていなかった」

「でも、帝とは手紙のやり取りはけっこう長い期間していたわよね？」

「そうだな」

過去の私が帝に向ける思いだけは、他の求婚者たちと少し違うように思えた。

きっと己の国を守らなくてはいけないという立場が似通っているから、自分と重ねていたところがあるのだろう。

だが、その気持ちも恋とは違った。


私はベッドから起き上がり、朝餉を食べるために弥白を抱きかかえ、食堂に向かった。

他の場所と同じようにこの屋敷の食堂も広々とした空間で、華やかな照明が優しい光で部屋を照らしていた。

大きなテーブルが部屋の中央に配置され、存在感を放っている。

テーブルの周りには背もたれの高い光沢感のある木の椅子が並べてあり、そのひとつに氷雨が座っていた。

「おはよう、カグヤ。よく眠れましたか？」

氷雨の顔を見ると、昨日の夢を思い出し、反射的に顔が熱くなる。

「……おはよう」

私はなるべく氷雨を見ないように椅子に座り、弥白をテーブルの上に置いた。

装飾が美しい陶磁器の食器に、バターロールが載っている。近くにバターとジャムが添えられていた。また別の皿にはオムレツとハム、コーンスープとサラダもあった。

使用人が、私のカップに紅茶を注いでくれた。

洋風の朝食は、未だに見慣れない。そもそも弥白の中で魂として存在していた時は、食事をしたことがなかったけれども。

豪華な朝食を見た弥白は、感嘆の声をあげる。

「素敵ね。見ていたらお腹がすいてきたわ」

それを聞いた氷雨が軽く笑った。

「弥白さんは、なにも食べなくて平気なのですか？　必要なら、食べるものを用意させますが」

「この身体になってからね、なにも食べなくて平気なの。前世の夢を見るためにカグヤと一緒に眠ってはいるけれど、眠ろうとしなければ睡魔におそわれることはないし。やっぱり人形の身体なのね。ふふ、とっても便利よ」

その言葉を聞き、私は複雑な気持ちになった。便利などと言っているが、不安がないはずがない。

ものを食べられない身体。眠らなくても疲れない身体。

一刻も早く、自分の身体に戻りたいはずだ。

「そういえば、前世の夢はどこまで進みましたか？」

そう問いかけられ、弥白は明るい声音で告げようとする。

「昨日は、カグヤがね、羽衣を……！」

弥白が普通に説明しようとしているので、私は声を荒らげてそれを止めた。

「こら、勝手に話すな！」

私はぼそぼそと弥白に釘をさす。

「要にも、夢の内容をあまり話すなと言われていただろう！」

「それは、あの時はまだ氷雨さんが信用できなかったからでしょう？　だけど今はもう、カグヤと氷雨さんが愛し合っていたと分かっ……」

私はこれ以上弥白が余計なことを言わないように、彼女の口を手でふさいだ。

弥白はしばらく暴れていたけれど、そのうちおとなしくなった。

弥白は私の手から抜け出して、テーブルの上を歩いて氷雨の方へ逃げる。

「もう、分かったわよ。氷雨さん、カグヤは照れくさいから、夢のことを話したくないんですって」

「へえ？　そう思うようなことがあったんですね。どの出来事のことでしょうか？」

氷雨がにやにやと意地悪い表情で頬杖をついて笑っている。

ふたりして、私をからかって……！

私は平静を装い、カップを手に取り紅茶を飲もうとした。

「熱っ！」

注ぎたての紅茶はまだ熱く、舌を火傷《やけど》しそうになった。

「カグヤ、紅茶を一気に飲んでは火傷するわよ」

「そうですよ、落ち着いてください」

「ええい、うるさいうるさいうるさい！」

そう言った私の頬に手を当て、氷雨が私の瞳をじっと見つめる。

「氷を持ってきましょうか？」

その視線があまりに真剣で、胸が高鳴った。

私は氷雨の手を振り払い、顔をそらす。

「子供じゃないんだから、平気だ！」

つい数日前までは、氷雨に触れられてもなんとも思わなかったのに。気持ちを自覚した途端、すぐに動揺してしまう自分が悔しい。

弥白は私をからかうのに満足したのか、氷雨に問いかけた。

「そういえば氷雨さん、要はもう朝餉をとったのでしょうか？」

「要君なら、食事はひとりで食べたいと言っていたので、いつも彼の部屋まで運ばせていますよ。今日も朝餉をとってから、もう学校へ向かったんじゃないでしょうか」

「あら、要ったらわがままなんだから！　みんなで一緒に食べたほうが楽しいのに。ごめんなさいね氷雨さん、あの子不愛想で」

「いいんですよ、そういう年頃なんでしょう」

氷雨と弥白は顔を見合わせて、和やかに笑っていた。

私は食事を終えると、さっさと自室に戻った。

「カグヤったら。もっと氷雨さんと話せばよかったのに」

「お前たちが一緒になって私をからかうから、食べた気がしなかったよ」

私はため息をつき、ベッドに座って深刻な声で告げた。

「正直、迷っているんだ」

「迷っている？」

「以前の私が、氷雨を愛していたことは分かったよ。だが、それは今の私の気持ちと、本当に同じものなのだろうかと」

弥白は考えるように首を捻る。

「月の都のカグヤも、今のカグヤも、どちらもカグヤであることには変わりないでしょう。私とカグヤは別の人物だから気持ちが違ったとしても、前世のカグヤと今のカグヤは、同じ気持ちなんじゃないかしら……」

そこまで言って、弥白は怪訝な顔をする。

「どうした？」

「ねえ、月の民は不老不死なんでしょう？　カグヤだって、死なないでしょう？　どうしてカグヤは死んだの？　どうして月の都は滅んだの？」

その言葉にハッとした。

そうだ。氷雨は言っていた。

月の都は滅びを選んだのだと。

『月の都のカグヤ』が命を落としたから、生まれ変わり、その結果弥白が生まれたのだ。

「きっと、記憶は終わりに近づいているだろう。とにかく、それをすべて見てから考えるしかない」

その言葉に、弥白は深く頷いた。

◇◇◇

そしてその日の晩も、私は昔の夢を見た。

氷雨が「一緒に月の都に行く」と告げ、アヤメは激怒すると思った。だがアヤメは想像したよりもあっさりと、私たちのことを受け入れてくれた。

ある昼下がり、私とアヤメは翁の屋敷の近くにある竹林にいた。

ここはすべての始まりの場所だから、ここに来ると気持ちが穏やかになる。

足元にはやわらかな苔《こけ》が広がり、竹の根本には草花がひっそりと咲いている。

ひんやりとしており、周囲は静寂に包まれていた。竹の幹は細くまっすぐに天に伸び、空気は

細長い葉が空を覆いかくしている。その隙間から太陽の光がこぼれ、足元を照らしてい

る。

「怒っていないのか、アヤメ」

そう問うと、彼女はむすっとした様子で言った。

「怒っていますよ！　すごく怒ってます！　怒っていますけど……」

嘆息し、アヤメが続ける。

「仕方ないじゃないですか。あの人間に、月の都に付いて行くとまで言われてしまったら。私はカグヤ様が月の都に帰ってくれれば、もう不満はないんですから」

そう言ってから、悔しそうに付け加えた。

「嘘です！　本当は悔しいです！　人間にカグヤ様をとられてしまうなんて！　月の都に戻ったとしても、カグヤ様が人間にとられるのはいやっ！」

その言葉を聞き、私はくすくすと笑った。

そんな私に対し、アヤメは口元をほころばせる。

「……本当は、私がずっとカグヤ様を守っていたかった。だけど私といるよりずっと、あの人間といるカグヤ様の方が幸せそうなんですもの。……仕方ありません。カグヤ様は、変わりました」

そう言って、アヤメは瞳から涙をこぼす。

私は彼女の涙を指で拭った。

「アヤメ、きっとお前も変わったよ。以前のお前なら、こんな風に涙を流すほど大きく感情を動かすこともなかっただろう」

アヤメはその言葉に頷いた。

「そうですね。全部カグヤ様のせいです。私たち、もう月の民とは違う生きものになってしまったのかもしれません。でも、悪くない気持ちです。思い煩うことなんて愚かだと思っていたけれど……ただ微笑んでいた時より、ずっと生きている感じがします」

「ああ、私もそう思う。だけどアヤメ、忘れないで。氷雨と同じくらい、私にとってアヤメの存在も大切なのだから」

アヤメは泣きながら、私を抱きしめる。

「知っていますよ」


そのまま何事もなければ、私とアヤメは氷雨を連れて、月の都に戻るつもりだったのだろう。

だがその頃人間の世界に、異形が生まれた。

異形たちは人間を襲い、命を奪うようになった。

帝は民を守るために家来に武装させ、異形を倒そうとした。

しかし異形たちは人間では及ばない異能を使い、次々と人々を殺し、喰らって数を増やした。

争いで乱れた人間の心は、やがて人を悪鬼に変化させた。

人間と異形との争いは、月日を追うごとに苛烈になっていった。

私は人間たちを守るため、異形と戦うことになった。

屋敷の屋根に立ち、光でできた弓矢を放ち、異形たちを打ち倒す。矢に射られた異形たちは、怨嗟《えんさ》の叫びをあげる。

しかし、異能を使えるのが私ひとりではとうてい戦力が足りない。

思い悩んだ私は、月の民たちに助けを求めることにした。

「このままでは、いずれ人間は滅んでしまう。力を貸して欲しい」

月の民たちは、人間のことなどどうなろうとかまわなかった。

だが、都の姫であるカグヤが戻ってこないのは困ると考えたようだ。それにカグヤが、なぜかひとりの人間に入れ込んでいるらしいと知った。

興味を抱いた月の民たちは、人々に力を分け与えることにした。

まず一番に選ばれたのは、氷雨だった。

姫を守る盾として、彼に戦ってもらうためだった。

そうして月の民に選ばれた一部の人間たちは、異能を使えるようになった。

その中でも、やはり氷雨は圧倒的な強さを持っていた。

氷雨は刀の軌道がなぞった空間にだけ暗闇を作り、攻撃を無効化できる力を手に入れた。彼に向かって放たれた異形の異能は、彼の周囲の暗闇にすべて呑み込まれていく。

氷雨は異能を使えるようになった人間たちの指揮を執った。氷雨が軍師としての才能にたけていたこともあり、異形との争いは人間たちに勝機が見えてきた。

◇◇◇

その頃月の民たちは人間に力を分け与えたこともあり、地上の人間たちを観察するようになった。

なにしろ長い間心煩わずに生き続けているので、どんな娯楽にも飽いてしまった。

そんな中、人間たちが異形と戦う様を観察するのは久しぶりに得た珍しい娯楽だった。

月の民にとって、人間を愛しているというカグヤの言葉は眉をひそめるものだった。

地上を眺めながら、月の民たちは歌うようにささやいた。

「憐れね、人間たちは。すぐに死んでしまうのだから」

「ああ、ほら見て。また死んだわ。どうして傷を負うと死んでしまうと分かっているのに、戦うのでしょう」

「悲しい」

「悲しい？　そうかもしれない、悲しい」

「なんて儚い生き物だろう」

「憐れだ」

「ああ、憐れだ」

「でも、それが美しいとカグヤ様は仰っていた」

「たしかに」

「そうかもしれない」

「短い命なのに、他人のために命をかけて死ねる人間は、美しい」

「人間たちは次の世代に、子供たちに命を繋ぐ」

「羨ましい」

「私たちは永久に、変わらないままなの？」

「どうすれば、私たちは変わることができるのだろう」

「変化など必要ない」

「そうだろうか」

「カグヤ様は、人間を愛している」

「カグヤ様は変わってしまった」

「だれかを愛する気持ちのないカグヤ様は、完璧だった。欠けることのない月のようだった」

「だが永遠に変化のないそれは、停滞ではないか？　失われるからこそ、美しいのではないか？」

「月の民こそが完璧だと考えていたのに」

それまで凪のように感情を持たなかった月の都の民たちに、少しずつ変化が訪れた。人間を見ているうちに、人間のようになりたいという考えを持つ月の民が現れるようになった。

変化を求める月の民は、人間の世界に降りていった。

最初は不変であることをよしとしていた月の民たちも、彼らが人間と親しくなる様子を見て、次々と人の世界へ降りて行った。

もしかしたら、もうずっと永い間月の民たちは、永遠の命を持て余し、死を求めていたのかもしれない。

ある月の民の男は地上に降り、人間の女を愛し、彼女と結婚した。

ふたりはしばらく幸せに暮らしていたが、やがて女が重い病気にかかり、命を落とした。

女が亡くなったことを悔いて、月の民の男は自らの命を絶った。

男の身体は最後の瞬間眩い光の粒のように輝き、やがてその輝きとともに、消えてなくなってしまった。

◇◇◇

彼らの様子を見ていた弥白は、隣にいた私に向かって呟いた。

「不老不死であるはずの月の民が、死んだ……？　いったいどうして？」

「おそらく月の民に感情が生まれたことで、他の部分にも変化が訪れたのだろう」

「人間を愛し、感情を、心を抱いた月の民たちは……不老不死ではなくなったということ？」

「ああ、きっとそうだ」

弥白はその言葉に息をのむ。

「……だとしたら、もう前世のカグヤも」

私は翁の屋敷を見やりながら、深く頷いた。

「そうだな。前世のカグヤも、もう不老不死ではなくなっている。そして、その変化に気づきはじめている」

◇◇◇

カグヤはある日、帝の下に呼び出された。

「カグヤ。こうして話すのは久しいな」

御簾で顔が隠れていることに、この時だけは感謝した。私は帝に対して後ろめたい気持ちが拭えなかった。

氷雨との関係について、帝はとっくに気が付いているだろう。

いつも、帝のすぐそばで彼を守っている氷雨がいないことを疑問に思う。

私の様子に気づいたのか、帝は笑いながら言った。

「氷雨は官職を解いたよ」

「それは……」

帝は冷徹な声で続けた。

「ここを追い出したという意味だ。あいつはもう、私の刀ではない。私に出会う前のように、獣に戻っているやもしれん」

私は思わず叫び声をあげた。

「私のせいですか⁉」

帝はためらうことなく、それを肯定した。

「そうだ」

私のせいで、氷雨の居場所を奪ってしまった。

「お前たちふたりの姿を見ているのが、耐えられなかったからだ」

帝は静かな声で言った。

「もう、あいつに近づくな。やつの異能は、どんどん強くなっている。私は、氷雨が恐ろしい」

たしかに氷雨には戦いの才があったのか、彼が戦えば血の雨が降った。彼を恐れるものがいるのも無理はないだろう。

「カグヤ、分かっているのか？　月の民は、もう不死ではない」

「はい、分かっています」

帝も、この星に降りた月の民が命を落としたという噂を知っているのだろう。いや、人間の中では帝と氷雨くらいしか、真実を知っているものはいないだろう。

帝は掠れた声で告げる。

「……私の妻になれ、カグヤ。ここにいれば、どんなものでも手に入る」

私はふっと微笑み、首を小さく振る。

「残念だけど、ここに私の欲しいものはないんだ」

「……私のものにならなくてもいい。少しでも目を離すと、お前が消えてしまいそうで怖い。カグヤ、戦うのをやめてくれ。異能を手に入れた人間たちで、異形に対抗できるようになった。もう、お前が戦う必要はない」

私はその言葉に答えず、一度礼をして帝の下を去った。


氷雨は帝にその地位を追われても、異形と戦っていた。

血にまみれ、異形の屍を見下ろして立っている氷雨を見つけ、彼に駆け寄った。

「血飛沫《ちしぶき》が、泣いているように見えた」

そう告げて彼の頬を手で拭うと、氷雨は困ったように笑った。

「帝のところにいられなくなったのだろう？」

氷雨は瓦礫の上に腰を下ろす。

「カグヤには突き放すように言ったかもしれませんが、帝はきちんと俺に新しい住処《すみか》を用意してくれたんです。性根は優しい人なんですよ」

そう言って、軽く笑った。

「帝は他になにか？」

「……帝は、私にもう戦うなと言っていた」

「それについては、俺も帝と同じ意見です」

「だが……」

氷雨は真剣な顔つきで言った。

「月の民は、もう不死ではない。あなたを危険にさらしたくない。しばらく帝の用意した宮にいる方がいい。あの場所が、一番安全です」

「氷雨、だが、それならお前だって危険だろう！」

「帝を裏切ってしまった俺からの、せめてもの償いです。彼も、あなたの身を案じているのでしょう？」

私はその言葉に、しぶしぶ頷いた。

氷雨は私を抱きしめて言った。

「必ず迎えに行きますから」

「……ああ、早く来てくれ」

「はい。一刻も早くこの戦いを終わらせて、平和な場所であなたと暮らしたい」

氷雨の声は、私の身体に染み入るように響いた。

◇◇◇

そうして前世の私は戦いに身を投じるのをやめ、帝の用意した宮で過ごすことになった。

私はそこで、氷雨の帰りを待ち続けていた。

だが……。

前世の記憶に砂嵐が走るように、突然そこから夢の内容が飛び飛びになる。

私と弥白はなにが起こったのかと顔を見合わせるが、状況が把握できない。

先ほどまで夕刻だったのに、周囲が夜に切り替わる。

次の瞬間、私と弥白が見たものは——竹林の中で目を閉じて倒れている、カグヤの姿だった。

カグヤの胸には、深々と刀が刺さっていた。


——カグヤは、だれかに殺されたのだ。


「姫が、命を絶たれた」

その報告を知り、月の民たちは、嘆き悲しんだ。

カグヤの地上での育ての親でもある、翁と媼も。

五人の貴公子たちも、帝もカグヤの死を嘆いた。

カグヤの亡骸《なきがら》は、まるで眠っているように目蓋を閉じていた。

帝は地上でカグヤを埋葬しようとしたが、アヤメがそれを強く拒否した。

アヤメはカグヤの足元に縋り、大声で泣きながら叫んだ。

「カグヤ様が、自ら死ぬわけがない！　だれかに殺されたんです！　どうして……！」

彼女の痛ましい悲鳴に、だれもが言葉を失う。

「生きていて欲しかった。生きていたなら、どこにいたってかまわない。だれを愛していたってかまわない！　私はカグヤ様に、生きていて欲しかったのに！」

◇◇◇

これは、最期のカグヤの記憶だろうか。

カグヤは、宮の欄干《らんかん》から外の景色を眺めていた。きっと、氷雨の姿を探しているのだろう。

氷雨が戦いを終え、宮の近くを歩いているのが見えた。

カグヤは氷雨に会うため、彼の下へ駆けていく。

彼女の背後に、何者かが忍び寄る。

周囲が暗くて、それがだれなのかは分からない。

その何者かが、カグヤの胸に深々と刃を突き立てた。

カグヤの意識は薄れゆき、闇に塗りつぶされる。

……どのくらいの時間が経ったのだろう。

「カグヤ」と名前を呼ぶ声が聞こえる。

私は、この声を知っている。

そう、氷雨の声だ。

――横たわるカグヤが命の灯《ともしび》を消そうとする直前、最期に見たのは氷雨の顔だった。

七章　カグヤの死

目を覚ました私は、きっとひどい顔をしていただろう。

「私はだれだ……？」

思わず、そんな疑問を持ってしまう。

夢の中の自分と、今弥白の隣にいる自分の境界が曖昧になっている。

弥白は私を気づかうように寄り添い、手を握ってくれた。

「カグヤ、大丈夫？」

弥白の姿を見て、そして私はほっとして頷いた。

ここは、氷雨の屋敷にある弥白の部屋だ。

月の都でも、古の日本でもない。

弥白はささやくように問いかけた。

「……カグヤ、昨日の夢を覚えている？」

「ああ……。前世の私は、だれかに命を奪われた」

昨晩の夢のことを思い出そうとすると、動悸が激しくなり、指先が震えた。

身体を刀で貫かれた時の、生々しい痛みがよみがえったような錯覚に陥る。

——落ち着け。あれは夢だ。

たとえ現実に起こったことだったとしても、今の私には関係ない。

……本当にそうか？

なにか大切なことを見落としていそうで、手のひらに汗が滲んだ。

私は弥白と話し合い、できる限り必死に記憶を手繰《たぐ》ろうとした。

けれど、ダメだった。

どうしても、前世のカグヤを殺した犯人がいったいだれなのか、その肝心なところは思い出せなかった。

「今までは、少し離れた場所からもうひとりの自分を見ていた感じだったが、私が命を奪われた瞬間だけは、まるで実際にあの場にいたような視点になって……。犯人の姿は、見えなかった」

弥白はそれに同意するように頷いた。

「カグヤが、その人物のことを目撃していないからなのかしら。あるいは、辛い出来事だから記憶を封じ込めようとしている可能性もあるのかも」

弥白は不安気な様子で私に問う。

「カグヤはだれが犯人だと思う？」

私は横に首を振る。

「分からない……。だが、最後に見たのは氷雨の姿だった」

きっと、弥白も覚えているはずだ。

前世のカグヤの意識が途切れる、最期の時。

カグヤは、氷雨となにか話していた。

「……まさか、氷雨が犯人ということは」

弥白がそれを強く否定した。

「ありえない！　あなたを待って千年過ごす人が、あなたを殺すわけがない。私たち、ずっと氷雨さんと、前世のカグヤのことを見てきたじゃない。氷雨さんは、一緒に月の都に行くって言ってたんだから。あなたを殺す理由がないわ」

私もその言葉に強く同意した。

弥白にそう言ってもらえて、心が少し軽くなる。

「過剰な愛情は、憎悪に変わることもあると思うが……。とはいえ、私も氷雨を本気で疑っているわけではない。なにか手がかりを知っている可能性はあると思うが」

「そうね。とにかく、氷雨さんに話を聞きに行ってみるのがいいんじゃないかしら？ここまで来たら、彼にも夢の話をすべて打ち明けたほうがいいわ」

「ああ」

弥白を抱え、勢い込んで部屋を出て、階段を駆け下りた。


「私が死んだ時のことを、覚えているか？」

廊下を歩いていた氷雨を呼び止めるなりそう問い詰めた私に対し、氷雨は静かに言った。

「もうそこまで思い出したんですか」

「質問に答えろ」

氷雨は応接間へ入り、ソファに座って考えるように言った。

「俺も、あなたの命を奪った犯人は見ていないんです」

「他に分かることは？」

「羅刹に気をつけた方がいいでしょうね」

その言葉にハッとした。

そうだ、あの鬼。あの鬼は、古の時代からいたのだろうか。

だとすれば、あの鬼が私を殺したという可能性もあるかもしれない。むしろ、そう考えるのが一番自然だ。

だが氷雨がなにか隠しているような気がして、釈然としない。

「……弥白さん。すみませんが、少し席を外してもらえますか？」

弥白は氷雨の提案に素直に従い、ちょこちょこと歩いて部屋を出て行く。

「おい、どういうつもりだ⁉」

氷雨は私の手を引き、私を自分が座っていた隣に無理やり座らせる。

「俺のことを愛しているという気持ちも、思い出しましたか？」

その言葉に、顔が熱くなる。

「今は、そんな話をしている場合ではないだろう！」

「そんな話をしている場合ですよ。それより大切なことはありません」

私はイライラしながら言った。

「月の都の記憶は、もう遥か昔のことだ。今の私の気持ちとは、別かもしれないだろう」

「その可能性はありますね」

「もし私が、他の男を愛したらどうする？」

「そうですね……」

氷雨は数瞬考えるように、目蓋を閉じる。それから明るく微笑んで言った。

「殺してしまうでしょうね、その男を」

その言葉の躊躇《ちゅうちょ》のなさに、寒気が走る。

「待て！　互いが愛しあっていたらどうするんだ？　私がその男のことを、好きだったらどうする？　私も殺すつもりか？」

「まさか。俺はカグヤに危害をくわえたりはしませんよ、絶対に。その場合は、仕方ないので相手の男が死ぬまで待ちます。何十年でも、何百年でも」

氷雨なら、実際そうするのだろう。私はそれを身をもって知っている。

「千年あなたが生まれ変わるのを待ったんです。今さら、数十年待つことなど苦ではありません。他のだれを愛しても、最後に俺を選んでくれればかまいません」

「氷雨を選ぶかなんて、分からないじゃないか。永遠に選ばれないかもしれないぞ？」

「そうですね」

氷雨は私の手を握り、貫くような視線を向けて言った。

「選ばれるまで、待ち続けますよ。また何百年でも、何千年でも。髪の色も、瞳の色も変わり、人間らしい心を失ったとしても」

それからひりついた空気を茶化すように微笑んだ。

「とはいえ再びあなたに会えたのだし、もう一秒も待ちたくないというのが本音ですけどね」

氷雨に見つめられると、私は身動きが取れなくなってしまう。

この男の言葉が、すべて本心だと分かるから。

この男の気持ちが、どれほど強いものか伝わってくるから。

「他のだれよりも、俺のことを選んでください。あの時は、言えなかったので。俺の妻になってください。愛しています、カグヤ」

私は氷雨の手を振り払い、部屋を出た。

「話にならない！」

そんな私を、氷雨は苦笑しながら見送った。


弥白を連れて自室に戻ると、彼女は瞳をキラキラと輝かせて言った。

「それで、どうするの、カグヤ？　氷雨さんの求婚を受けるのでしょう⁉」

「聞いていたのか」

「ええ、扉の外で。だって、離席しろと言われても私ひとりで部屋には戻れないし」

「それはそうだ」

私はベッドに腰かけ、ため息をついた。

「どうしてお前がそんなに楽しそうなんだ」

「当たり前じゃない！　友だちの恋愛の話よ！　盛り上がらなくてどうするの！」

その言葉に、ふっと笑みがもれる。

「弥白は、私のことを友だちだと言ってくれるのだな」

「馴れ馴れしかった？」

「まさか。……嬉しいよ」

弥白が、私と氷雨が結ばれることを願ってくれるのは嬉しいと思う。

「……だが、そんな未来はありえない」

「どうして？」

私は弥白のことを見据えて言った。

「分かっているのか？　もし私が結婚したら、お前はどうなる？」

「それは……」

それまで楽しそうだった弥白は、答えに窮した。

「この器は弥白のものだ。私はいずれ、消える運命なのだ」

「そんな……！」

最初から理解していたことだ。

この時代を生きているのは、弥白だ。

私はあくまで、魂だけの存在。私と氷雨の未来など、存在しない。

私の考えが伝わったのか、弥白は泣きそうな表情で俯いた。

「……ごめんなさい。私なんて、いてもいなくてもいいんだから、すぐにあなたに身体をあげると言えたらいいのに、臆病で」

「臆病なことがあるか！　これは元々お前の器だろう！　いてもいなくても変わらないなんて、二度と言うな」

私は人形の頭を撫でる。

「弥白が返せと言うなら、私はすぐにでもお前に器を返すよ。その方法が、分からないのが問題だが」

「……うん、ありがとうカグヤ」

「だが、その前にたしかめなくてはいけないことがある。私を殺したのが、だれなのか。それを知らなければ、現世の弥白も危険にさらされるかもしれない」

「そうね……」

弥白は複雑になにかを考えるような表情で、しばらく黙り込んでいた。

幕間　弥白の初恋

カグヤは私にとって、初めてできた友だちだったのだと思う。

友だちという言い方は、厳密にはおかしいかもしれない。

彼女は前世の私であり、生まれ変わったのが私らしいから。

けれどカグヤは魂だけの姿になっても、ハッキリとカグヤという人格を持っている。

弱々しい、私なんかよりずっと生命力を感じる。

前世の夢を見て、カグヤのことを知れるのは嬉しい。

最初は、楽しいだけの気持ちだった。まるで、とても精巧に作られた活動写真を見ているようだった。

人間離れした美しさを持つ、カグヤ。

どこを見ても雅《みやび》やかな月の都、優雅な月の民たち。

けれど前世の記憶が進み、カグヤが記憶を取り戻すのとともに、彼女の魂の輝きがいっそう強くなった気がした。

同時に、私の魂はどんどん小さく、弱くなっていく気がした。

カグヤのことを理解すれば、私が消えてしまうような気がする。

——分からない。私はいつか、カグヤに意識を乗っ取られるのではないか。


化学繊維でできた、文化人形の肉体。

空腹を感じない、眠くもならない。

ためしたことはないけれど、きっと痛みも感じない。

私が入ったからか、泣いたり笑ったり、怒ったりする表情はかろうじて変化する。

だけど血の通わない、冷たい身体。


あの時の出来事を、もう氷雨さんは、カグヤは、忘れてしまっただろうか。

私は幼い頃に一度だけ、氷雨さんに会ったことがある。

まだ両親と一緒に住んでいた頃なので、私は四・五歳だろう。

近所の遊び場から、家へ帰る途中のことだった。

少し年上の男の子にいじめられ、私は泣きじゃくりながら道を歩いていた。

なんと言っていじめられたのかはもう覚えていないが、その頃の私はその男の子に目をつけられ、よく泣いていた。

こんな泣き顔のまま帰宅すれば、両親が心配する。

そう考えた私が道の途中で立ち止まって泣いていると、だれかに頭を撫でられた。

驚いた私が顔を上げると、綺麗な男性が微笑んでいた。

普段から両親に「知らない人と話をしてはいけない」と言いつけられていたけれど、不思議と怖いという気持ちはなかった。

帽子をかぶって隠していたけれど、銀色の前髪がさらさらと流れていた。

きっと氷雨さんは私に気づかれないように、何度か様子を見に来ていたのだろう。生まれ変わった、『カグヤの器』である私の様子を。

どうすればいいのか分からず、かたまっている私に彼は言った。

「辛い時は、泣いてもいいんですよ」

今まで泣いている時、泣き止みなさいと言われたことは何度もあったけれど、そんな言葉をかけられたのは初めてだった。

彼は、私の気持ちを理解してくれた。

初めて会った人だったけれど、それが嬉しくて、私は先ほどより大粒の涙を流して泣いた。彼は私が泣き止むまで隣にいてくれた。

「ひとりで帰れますか？」

そう問われ、しっかり頷くと彼は優しい笑みを浮かべて小さく手を振った。


それからカグヤと入れ替わり、叔父夫婦の家に彼が迎えに来るまで、再び氷雨さんと会うことはなかった。

氷雨さんは、私の初恋だったかもしれない。

彼の言葉があったから、私はそれから辛いことがあっても、乗り越えられた気がする。

「辛い時は、泣いてもいい」という言葉を、私はずっとお守りのように大切にしてきた。


氷雨さんは「弥白」が消えてしまったとしても、カグヤがいればいいのだろうか。

なにを当たり前のことを考えているのだろう。

むしろ氷雨さんは、早く「弥白」に消えて欲しいのではないか。その方が、きっと彼にとって都合がいい。

だとしたら、カグヤは？

カグヤは私を大切だと言ってくれた。見守ってきたと言ってくれた。
その言葉は、本当だろうか。
彼女の言葉さえも疑ってしまう、自分の弱さがいやになる。
カグヤも私がいなくなった方がいいと考えているのではないか。
そう考えると、胸が潰れそうになった。

だれからも必要とされていない自分。
氷雨さんがカグヤを愛おしそうに見つめる度、私もこんな風に、だれかに大切に思われたいという願いが、心の中で生まれた。

——私は一体、どうすればいい。

八章　最期の願い

その日の夜眠る時、きっと前世の記憶を見るのは、これで最後だろうとなんとなく分かった。

前世の記憶は、そろそろ終焉を迎えるようだった。


それは、私の命の灯が消える直前の映像だった。

『カグヤ』は地面に倒れ、氷雨を見上げている。

彼の長い睫毛《まつげ》の先から、涙の雫が零れ落ちる。

言いたいことはいくらでもあるはずなのに、こんな時になにを話せばいいのか分からない。

氷雨に向かって手を伸ばすと、彼が両手で握ってくれた。

「カグヤ、カグヤ」と彼が唇を震わせ、悲痛な声音で私の名前を呼ぶ姿が、胸を締め付けた。

そういえば、まだ氷雨に自分の気持ちを伝えていなかったのではないか。

私も泣いているのか、涙で視界がぼやけ、声を発することも難しい。

「ああ、■■■■■■。■■■■■■■■■■■■……」

強い力でどこかに引き寄せられるように、急速に意識が引き戻される。

視界はさらにぼやけて焦点が合わなくなり、周囲の色がひとつに溶け、すべてが半透明に塗りつぶされた。

音も、なにも聞こえない。

最期に私が伝えた言葉も、氷雨の答えも。

もう少しだけ、待ってくれ。

――忘れたくない。

せめて、氷雨の言葉だけは覚えていたい。

大切な言葉だったはずなのに、聞こえない。

「嫌だ」と大声で叫んだつもりだったけれど、その声すら発せられることはなく、私は暗闇に呑み込まれていった。

◇◇◇

その日の朝、目を覚ました私は一階に下りるために自室の扉を開ける。

すると部屋の前に、なぜか要が立っていた。

「要、どうしてこんな場所で……」

そういえば、要とこうして話すのは帝都に行った時以来だ。たった数日前の出来事のはずなのに、ずいぶん昔のことに感じる。

要はしゅんとした様子で言った。

「姉さん、カグヤさん、ごめん。ふたりが鬼に襲われたって知って……謝りに行こうと思ってたんだけど、申し訳なくてなかなか顔を合わせられなくて」

私は微笑みながら彼の肩を叩く。

「そんなこと、気にしなくていいよ。私も弥白も無事だったんだから」

私の言葉を聞き、要は安心したように口の端を引き上げて微笑む。

「よかった、許してもらえて。少し、外で話せないかな？　ここだと言い辛いんだけど、カグヤさんの前世について、重要なことが分かったんだ」

「重要なこと？」

　要は声をひそめ、小さな声で言った。

「前世でカグヤさんを殺した犯人について」

　私と弥白は、その言葉に悲鳴をあげそうになる。

「どうしてそれを知っている⁉」

「氷雨さんから聞いたんだよ。とにかく、ここではちょっと」

　そう言って要は階段を下り、屋敷を出て、どこかに移動しようとする。

　私は弥白を肩に乗せ、彼の後ろを歩いた。

「別の場所に行くのか？　だが、この間のこともあるしあまり遠くには……」

　そう声をかけた瞬間、振り返った要が私の身体に手を伸ばした。

　要が触れた場所から青白い閃光が走り、電気のような激しいなにかが弾けた。

「なっ……！」

　私はその衝撃で、足に力が入らなくなる。倒れそうになった私を、要が抱きとめた。

「行きましょう、カグヤさん」

「……要？」

　異変に気づいた弥白が、私の名前を呼んでいる。

要に飛びかかって抗議した弥白を、彼はあらかじめ用意していた布の袋に入れて閉じ込める。

「お前、なにを……」

先ほど受けた攻撃で、視界がぼやける。

「大丈夫だよ、カグヤさん。助けに来たんだ、あなたを」

最後にそう言って、微笑む要の姿が見えた。


私は意識を取り戻し、ハッとして起き上がる。

気がつくと、私は知らない場所にいた。

周囲には何も置かれていない、がらんとした物置のようなところだ。窓もなく、出入り口は正面にある扉だけのようだ。

「ここは、どこだ……？」

座り込んでいた私は、自分の足元で布に入ったなにかがバタバタと動いているのに気づく。袋を開くと、弥白が出て来た。

「弥白！　無事だったか」

助け出された弥白は、私に抱き着いた。

「いったいなにがあったんだ？」

「私もよく分からないの。突然、要にここに連れてこられたみたいで……」

「要は、どうしてこんなことを……。とにかくここから逃げないと」

そう呟いた途端、ひとつしかない扉から要が現れる。

私は要に向かって叫んだ。

「どういうつもりだ⁉」

要は、薄い笑みを浮かべて言った。

「……奪われないように、ここに連れてきたんだ。愛おしいカグヤを、もう二度と奪われないように。一度目は、あの男に奪われてしまったから」

そう言って、要は部屋に入ると彼を見上げていた私の髪を手に取り、口づけた。

私はその手を振り払い、身を引いた。

「お前は……まさか……」

要はくすくすと笑い、冷徹な瞳で私を見下ろした。

「ひどいな、カグヤ。忘れてしまったのか。あんなに文のやり取りをしたのに」

「お前は、帝だったのか……！」

要の後ろには、羅刹が立っていた。

「羅刹と組んでいたのか!?」

「そう、俺の前世は帝だった。この時代には、あなたの弟として生まれ変わってしまったみたいだね」

その事実を知った弥白は、青ざめた顔で言った。

「どうして、要？　その鬼に、操られているの？」

その言葉を聞いた要は、おかしそうに声をたてて笑う。

「操られる？　違うよ姉さん、逆だ。俺は自分の意思で、羅刹に命令したんだ。羅刹は、俺が生まれ変わる前から俺の僕《しもべ》だったから」

「あなたが帝だった時から、ということ？」

要は冷淡な瞳をこちらに向け、頷いた。

「そう。前世でカグヤに拒絶された俺は、傷つき、心に鬼を宿すようになった。そしていつの間にか、人から鬼へと変わってしまった」

「帝が、鬼に……？」

そう告げたのと同時に、要の姿が変化する。

双眸《そうぼう》は血のように赤く、頭からは二本の角が生え、要は鬼になった。

「俺は羅刹を使い、氷雨とカグヤを引き離そうとした」

だから帝都に三人で出かけた時、羅刹に襲われたのか。すべて、要が手を引いていた計画だったから。

弥白は要に向かって叫んだ。

「こんなことをしたって、カグヤの心は手に入らないわ！」

要は顔を歪め、冷徹な瞳で弥白を見下ろす。

「要……いいえ、帝。カグヤは、あなたのことも大切に思っていたわ」

「知っているよ。だが、私の欲した愛を返してはくれなかった。カグヤがあの忌まわしい男に惹かれていることは知っていた。だから、私が命を奪ったのだ」

「……あなたがカグヤを殺したの」


記憶が激流のように、私の脳内に流れ込んでくる。


私が命を落としたあの日。

氷雨に会いに行こうとした私は、竹林の近くで、帝に呼ばれた。

帝は、『カグヤ』に妻になってほしいと頼んだ。

「私が愛しているのは氷雨だけだ。こんなものでは、詫びにはならないと思うが……」

そう言って私は、あるものを帝に渡した。

「私は、永遠の命など欲しくない。あなたがだれかのものになるくらいなら……！」

そう言って帝は、カグヤの命を奪ったのだ。


「カグヤ、今度こそ私のことを愛してくれるだろう」

そう言って、要は私に手を伸ばそうとする。

私はまだ足に力が入らず、立ちあがることができない。

弥白は要の手に飛びつき、その手に噛みついた。要は憎悪を弥白に向け、弥白を引きはがそうとした。

「この、人形が……！」

「カグヤに触らないで！　要の身体を返して！」

弥白は声を張りあげて叫ぶ。

「それはあなたのものではない。要の身体よ！」

要が弥白を叩き落そうとしたその時、要の背後から物々しい音が響く。

「彼女たちに怪我をさせたら、容赦しませんよ」

そう言って現れたのは、氷雨だった。

羅刹が氷雨に襲いかかる。だが、加減をしない氷雨は強かった。

刀を薙ぎ、羅刹を一瞬で後方にはらいのけた。

氷雨は殺気だった瞳で、刀の切っ先を要に向ける。

「くそっ、氷雨……！　いつまでたっても、お前は私の邪魔をする……！」

「俺はカグヤがだれを愛していたとしても、カグヤを傷つけるようなことは絶対にしませんよ。諦めてください、帝」

要は血走った瞳を私に向けた。

「ここでも手に入らないのなら、前世と同じように命を奪うまでだ！」

要の手から、青白い光が生まれる。

そして要はその光を私に放った。

激しい閃光が走り、電流が轟《とどろ》いて周囲の空気を揺らした。

それが先ほども使われた、要の異能だということは分かった。さっき手加減された時でも気絶してしまったのだから、全力を出されれば無事ではすまない。

氷雨は私を守ろうと、私の盾になろうとしたが――それより早く、文化人形が私たちを守るように、放電の中へと飛び込んだ。

電撃が弾け、轟音が響き渡る。

「弥白っ！」

文化人形は攻撃をすべてその身体に受け、煙をあげながら落下する。

異能を自身の身体に受けた弥白を見て、要の瞳に自我が戻った。

「姉さん……？」

氷雨は、要の身体を刀で斬る。

要が無事ではすまないのではと焦ったが、要の身体に傷はなかった。要は人間の姿に戻り、その場に倒れる。

斬られた衝撃で、帝の魂が要の肉体から離れたようだ。

帝の魂は、氷雨の刀が作った黒い空間に吸い込まれて行く。

「嫌だ、カグヤ、カグヤッ！」

叫び声をあげながら消えていく帝を、氷雨は冷たい瞳で見つめた。

「――さよなら、帝」


私は弥白を両手で抱え、彼女に声をかけ続けた。

「弥白！　どうして……！」

化学繊維でできた身体はどろどろに溶け、真っ黒になっていた。

「……たくさん考えたんだけど、私、やっぱりあなたのことが好きみたい。カグヤを羨ましく思ったことも、あったけど……。私、カグヤには幸せになって欲しいの。大切な、友だちだから」

弥白は途切れ途切れに告げる。

「あなたがいたから、幼い頃、苦しかった時耐えることができたのよ。あなたが私と、一緒にいてくれたから……」

「弥白、しっかりしろ！」

「命懸けで友人を助けられるのなら、素敵なことじゃない。ねえカグヤ、私、また生まれ変われる？　そうしたら、またあなたに会いたいわ。何百年先でもいいの。だって、氷雨さんはあなたのことを捜し続けたんでしょう。だったら、私も信じてみたい。きっとカグヤや要にもう一度、巡り会えるって……」

そう言って、目蓋を閉じようとする。

「弥白、今すぐ器に戻れ！」

「だけど、そうしたらあなたが……」

「私は平気だ、早く！　私たちが強く願えば、今ならできるかもしれない！」

弥白と私は手を繋ぎ、強く願った。

弥白を、元通りの身体に戻してくれ。

私と弥白の間に、眩い光が放たれる。

強い力で引かれるような衝撃が加わり——弥白の魂は、彼女の肉体に戻ることができた。

弥白は起き上がり、自分の身体を確認して言った。

「私、元の姿に戻ったのね……？」

それから焦ったように、床に転がっている私を拾い上げる。

「だけどカグヤ、あなたはどうなるの？」

文化人形に入った私は、笑顔で言った。

「大丈夫だ、私は自分でなんとかする。ずっとずっと、お前のことを見守っているよ、弥白」

終章　月の都

あの後私たちは、氷雨の屋敷にある私の部屋へと戻った。

要については、肉体を帝に操られていた時の記憶は薄っすら残っているらしいが、他に異常はなさそうだ。

帝の魂に操られていた状態から抜け出し、自我を取り戻した要は弥白から離れようとしなかった。

要はひどく後悔した様子で告げた。

「……姉さん、ごめん。俺、時々だれかに自分を操られたみたいになって……」

「もういいのよ。要のせいじゃないんだから」

「俺、もっと強くなるから」

要は弥白の手を握り、言葉を重ねる。

「どんなことがあっても姉さんを守れるように、絶対に強くなるから」

その言葉に、弥白は微笑んだ。

「そうよね。要は、ずっと私を大切に思ってくれていた。私、決してひとりなんかじゃなかった。ありがとう、要」

私はそんな要と弥白の様子を見守り、安心して部屋を出た。

しばらくは、姉弟で穏やかな時間を過ごしてほしいと思った。


問題は、私の器だ。

器を弥白に戻し、私の魂は見るも無残なくずれかけの文化人形に入った。

私は応接間のソファに座って言う。

「しかしこれまでずっと元に戻れなかったのに、どうして弥白の魂は元通り、弥白の身体に戻れたのだろうな」

「おそらく、大きな衝撃が必要だったのではないですか？　最初あなたと弥白さんが入れ替わったのは、弥白さんが川へ落ちた時のことなのでしょう」

「なるほど、命が危ういような時や、強い気持ちがあれば器を変えることもできるのか」

「そうかもしれませんね。要君も、あの時弥白さんが命を落とすかもしれないと考え、弥白さんを守ろうとして帝の魂を器から追い出すことができたようですから」

私は黒焦げになった人形の身体を見下ろして言った。

「しかし、どうしたものかな。こんな身体では」

――氷雨と結婚することができない。

そこまでは言葉にしなかったが、氷雨は私の言いたいことを分かりきったように、甘く微笑んで私の頭を撫でる。

「俺はどんな器でもいいですけどね、あなたがあなたであれば。いっそ人形のままでも」

「冗談だろう？」

「ええ、冗談ですよ」

氷雨はあらかじめ考えていたらしく、私の身体を持ち上げて、肩に乗せた。

「月の都に行ってみましょう。記憶を取り戻した今なら、あの場所に行けるはずです」

「え？　月の都に行くことができるのか？」

「来てください」

氷雨が向かったのは、屋敷にある地下室だった。

以前と同じように、地下室は白い壁に囲まれた静謐《せいひつ》な空気で、静けさに包まれていた。

壁には金色の屏風絵が優雅に輝いている。

「ここになにかあるのか？」

「これです」

そう言って、氷雨は部屋の隅に置いてあった木の箱を開けた。

そういえば、たしかにこんな箱があった。なんの特徴もない箱だが、そこに大切なものが入っているような気がして、妙に気になっていたのだ。

箱を開くと、そこから出て来たのは——。

「私の羽衣か……」


箱の中には、月の民が使っていた天の羽衣が入っていた。


アヤメが私を取り戻しに来た時、私に着せて記憶を失った時のものだ。

記憶を取り戻した後、その羽衣は氷雨が預かっていたはずだ。

「どこに行ったのかと思っていたんだ。私がこの羽衣をお前に預けたのは、もう千年以上も前のことだろう？　よく残っていたな」

そう問うと、氷雨は苦笑しながら首を横に振る。

「いえ、そうではありません。本当は何度も、この羽衣を燃やしてしまおうとしたんです。こんなものがあると、あなたがまた月の都に帰ってしまいかねない」

「あのなあ……」

「しかし燃やしても燃やしても、何度切り裂こうとしても、この羽衣は消えなかった」

「やはり、月の都のものだからか。普通の布でできているわけではないのだな」

「そのようです」

氷雨は懐かしむような仕草で羽衣を撫で、私に差し出した。

「ただ、ひとつ心配なのはこの羽衣を纏うと、記憶と感情を失うのではということですね」

「今度は平気だよ、きっと。強い心を持っていれば、羽衣に惑わされることはない。以前心を失った時は、お前が他の女と結婚すると聞いて迷っていただろう？　今の私の気持ちは、決まっているから平気だ」

私が羽衣を纏うと、身体が光に包まれた。

人形の身体がふわりと宙に浮かぶ。

「俺のことを、忘れていませんか？」

「ああ、きちんと覚えているよ」

氷雨の手を取ると、ふたりの身体がふわりと浮かび上がった。

そのまま私たちは高く高く舞い上がり、屋敷を出て、空へのぼり、月の都を目指す。

羽衣の力なのか、ほんの一瞬で着いた感覚だった。

「ここが、月の都……」

私たちは、金色の都に降り立った。

月の都は、夢に見た通りの場所だった。

ただ、月の民はだれもいないので、まるで都全体が時間を止めて眠り続けているようだ。

「月の民がいなくなっても、こうして月の都だけは残っているのだな」

月の都には、もうだれもいない。

――はずだった。

だれもいないはずの月の都、時間が止まったような場所に、ひとりの少女が眠っていた。

彼女のそばには、金色の装飾がされた棺《ひつぎ》が置かれていた。

その箱に寄り添うようにして、少女は眠っている。

私はあまりの驚きに、唇を少し震わせながら問う。

「アヤメ……?」

そう声をかけた瞬間、アヤメの目蓋が開く。

「カグヤ様……」

私の姿を見つけた瞬間、アヤメはゆっくりと立ち上がった。

それから私を強く抱きしめ、涙を流した。

「カグヤ様なのですね⁉　ずっとずっと、お待ちしておりました！」

「まさか、私に会うために、ずっとずっとここにいたのか？」

「はい。あなたの身体を守っていたのです。いつか、再びあなたの魂に呼ばれる時がくると思って」

「どうして……？　心を手に入れたお前からすると、耐えがたいほどに永い年月だっただろう？」

アヤメは溢れる涙を拭いながら笑った。

「ええ、何度諦めようと考えたか、もう思い出せません。ですが、いつかきっとあなたが現れるのだと信じていました」

彼女も氷雨と同じように、私を待っていてくれた。

月の都でたったひとりきり、千年以上私を待ち続けたのだ。

氷雨は棺の蓋を開く。

棺の中に眠っていたのは、魂の入っていない私の身体だった。

私は自分の身体に触れてみた。

すると吸い込まれるように、魂が肉体に飲み込まれていった。

上半身を起こす。指先を動かすことができる。瞬きをすることができる。呼吸をすることができる。

「カグヤ……！」

私が自分の身体に戻ったことに喜び、氷雨は私を強く抱きしめた。

私は棺から起き上がり、アヤメに微笑みかける。

「ありがとう、アヤメ」

アヤメは満足そうに微笑み、頷いた。

「これで、心残りなく私も旅立つことができます」

「そんな……！　せっかく再び会えたのに」

「あなたの身体を守ることだけが、私の役割でしたから。それを果たした今、心残りがなくなってしまいました。もう、ここに留《とど》まることもできないようです」

そう言うと、アヤメは目蓋を閉じる。彼女の身体が、眩い光の粒に包まれていく。

「大好きです、カグヤ様。いつかまた、あなたに出会えますように」

「ああ、会える。きっと、どこかでまた会えるはずだ。今度は私がアヤメを捜しに行く」

「はい、待っていますね」

そう言って、彼女の身体はさらさらと砂のように解けていった。

私は今度こそだれもいなくなった月の都を、じっと眺めた。

「しばらく、ここにいますか？」

私は首を横に振る。

氷雨の手をとって微笑んだ。

「いいんだ、ここにはもう未練はない。弥白や、お前が生まれ育った場所へ帰ろう」

私と氷雨は再び羽衣を纏い、月の都を後にした。

月の都から氷雨の屋敷へ戻る途中、私の頭の中に様々な記憶が流れ込んできた。

空を舞い、光を放って地上へ降りながら、私は氷雨と出会うまでに起こった、数々の出来事を思い返す。

最後に残ったのは、前世の私が命の灯を消さんとする時の記憶だった。

私は地面に倒れ、氷雨を見上げている。

彼の長い睫毛の先から、涙の雫が零れ落ちる。

言いたいことはいくらでもあるはずなのに、こんな時になにを話せばいいのか分からない。

氷雨に向かって手を伸ばすと、彼が両手で握ってくれた。

「カグヤ、カグヤ」

彼が唇を震わせ、悲痛な声音で私の名前を呼ぶ姿が、胸を締め付けた。

そういえば、まだ氷雨に自分の気持ちを伝えていなかったのではないか。

私も泣いているのか、涙で視界がぼやけ、声を発することも難しい。


私の顔に、氷雨の涙が零れ落ちる。

「だれが……！　いったいだれが、あなたをこんな目にあわせたのですか⁉　どうして。あなたは、あなたたち月の民は、死なないはずでしょう⁉」

そうだ。私たち、月の都の民には、生も死もない。

永遠の命が続くはずだった。

だが私たちは、人間に憧れ、変化を求めた。

人間は弱々しく、すぐに死んでしまう。

ひとりの力は小さく、愚かですぐに争い、でもあたたかく、優しい、そんな人間に。

月の民は人間を愛することで、『死』を手に入れた。


「……ああ、やっと素直に言える。もう、自分の気持ちを隠さなくてもいいのだな。愛しているよ、氷雨。この気持ちは、一生言葉にしてはいけないと思っていた。生まれ変わったら、私と結ばれてくれるか」


本当は、こんなことを言うべきではない。

きっとこの言葉は、氷雨を縛る呪いになる。

けれど、私はどうしても諦めたくなかった。

「お前に渡すかどうか、ずっと迷っていた」

そう言って、私は最期の力で懐から薬の入った袋を取り出す。

「帝にも、渡したのだが……」

あの男は、きっと不死の薬など飲まないだろう。

もしかしたら、どこかの山ででも燃やしてしまうかもしれない。その方がいい。

私は帝を傷つけ、私の命を奪うほどに追いつめ、苦しめた。私は彼に気持ちを返すことができなかった。

これ以上私のことなど考えず、人間の妻と結ばれ、幸せに暮らして欲しい。

氷雨は震える手で、その薬を受け取った。

「この薬を飲むと、不老不死になる。だが、私たち月の民と同じ苦しみを、お前に味わせるのは……」

氷雨がこの薬を飲むかどうか迷い、そして捨ててしまったとしても、私は受け入れるつもりだった。

だが一瞬の躊躇もなく、氷雨はその薬を飲みほした。

「カグヤ。俺がこれで永遠の命を得たのなら、ずっとあなたを待ち続けます。いつかあなたが、またこの場所に生まれ変わるのを、永遠に待ち続けます」

氷雨の涙が、私の顔に落ちて弾ける。

「どれだけ時間が経とうと、どれだけ困難であろうと。

広大な天から、たったひとつの星を探すようなものだとしても。

俺は何百年かけても、何千年かけても、またあなたを見つけ出します。必ず。

たとえその代償に、他のすべてを失ったとしても」

氷雨の声が遠くなっていく。氷雨は、何度も繰り返した。

「愛しています、カグヤ」

◇◇◇

前世の記憶をすべて思い出し、気がつくと私は氷雨の屋敷に戻っていた。

屋敷の玄関の扉を開けると、弥白が中から飛び出してくる。

「カグヤ、おかえりなさい！」

そう言って抱きしめられ、彼女の体温が伝わってくる。

「ただいま、弥白」

その少し後ろで、要も微笑んでいた。

「おかえりなさい、カグヤさん」

「ただいま、要」

私は弥白の手を取って言った。

「ここに戻ってきて、弥白に会えて友だちになれたら、やりたいことがたくさんあったんだ」

弥白は涙を拭いながら、その言葉に何度も頷く。

「ええ、また一緒に劇を観に帝都へ行きましょうね」

「ああ、それに一緒にクリームソーダを食べるんだ」

◇◇◇

ひとしきり弥白と話した後。

私は、氷雨の部屋にいた。

夜が更け、本来ならすでに自室で眠っている時間だが、氷雨は私を部屋に帰そうとしなかった。

そういえば、氷雨の部屋に入ったのは初めてだ。

全体的な色調は暗く、大きな本棚がある以外は、あまり物がない。氷雨らしいと言えば氷雨らしい。

氷雨は私をふたりがけの革のソファに座らせ、後ろから抱きしめた。

「氷雨、そうくっつかれると身動きがとれないのだが」

「少しでも離れると、またあなたがいなくなってしまいそうで怖いんです」

それから彼はいじけたように言った。

「弥白さんとは色々出かける約束をしていたけど、俺にもかまってくれますか？」

子供のようなその言葉に、私は声をあげて笑いながら言った。

「ああ、もちろん。千年間、お前と一緒にいられなかった分、そばにいるよ」

私は振り向いて氷雨のことを抱きしめ、口づけた。

氷雨が驚いたように、青色の瞳を見開く。

「愛しているよ、氷雨。結婚して、ずっと一緒にいよう。今までともに過ごせなかった時間を、ずっと」

これが氷雨に告げられた気持ちへの、千年越しの答えだった。

氷雨はその言葉にやわらかく微笑んで、優しく私に口づけた。

この物語はフィクションです。
実在の人物、団体等とは一切関係がありません。
本書は書き下ろしです。

御守いちるの先生へのファンレターの宛先

〒101-0003　東京都千代田区一ツ橋2-6-3　一ツ橋ビル2F
マイナビ出版　ファン文庫編集部
「御守いちる先生」係

参考文献
『新版 竹取物語 現代語訳付き』室伏信助 訳注（KADOKAWA）

ファン文庫

カグヤ姫と千年の約束

2025年4月20日　初版第1刷発行

著　者　　御守いちる
発行者　　角竹輝紀
発行所　　株式会社マイナビ出版
〒101-0003　東京都千代田区一ツ橋2丁目6番3号　一ツ橋ビル2F
TEL 0480-38-6872（注文専用ダイヤル）
TEL 03-3556-2731（販売部）
TEL 03-3556-2735（編集部）
URL https://book.mynavi.jp/

イラスト　　前田ミック
装　幀　　神戸柚乃＋ベイブリッジ・スタジオ
フォーマット　ベイブリッジ・スタジオ
ＤＴＰ　　富宗治
校　正　　株式会社鷗来堂
印刷・製本　中央精版印刷株式会社

 ISBN978-4-8399-8802-9
Printed in Japan